徳間文庫

身代金

和久田正明

徳間書店

目次

人物紹介

帰山《かえりやま》貴《き》三郎《さぶろう》　南町奉行所・元寄場詰同心。二十代半ば。

深草《ふかくさ》新吾《しんご》　南町奉行所・元門前廻り同心。二十代前半。

小りん　元岡っ引きの娘。

丑松　元地獄宿の主。元鳶職。

根岸《ねぎし》肥前《ひぜんの》守《かみ》鎮衛《やすもり》　南町奉行。

第一章　乱れ桜

一

春は百花繚乱《ひゃっかりょうらん》となり、桜が満開の頃には江戸の巷《ちまた》でよく喧嘩《けんか》沙汰《ざた》が起こる。

桜番附《さくらばんづけ》が原因だから他愛《たあい》もないのだが、言い争う男たちは真剣である。どこそこの桜が一番だとたがいに譲《ゆず》らず、酒も入っているのでつい激昂《げっこう》してしまう。

確かにそれだけのことはあって、江戸には向島《むこうじま》の隅田堤《すみだづつみ》は言うに及ばず、寛永寺《かんえいじ》、浅草寺《せんそうじ》、不忍池《しのばずのいけ》、待乳山《まっちやま》、山王権現《さんのうごんげん》、愛宕山《あたごやま》、御殿山《ごてんやま》、飛鳥山《あすかやま》と、枚挙《まいきょ》に遑《いとま》がない。

これら桜の名所の多くをお作りになったのは、八代将軍吉宗《よしむね》公なのである。

満開の桜花の下、衆生《しゅじょう》は酒を飲んで酔いしれ、唄《うた》って踊り、狂態《きょうたい》を演ずる。浮世の憂《う》さを忘れ、この時ばかりは武陵桃源《ぶりょうとうげん》の境地《きょうち》となる。

だが世の中には、まともに花見のできない者もいる。それは奉行所《ぶぎょうしょ》に属する同心《どうしん》たちで、この時期は特に御用繁多《ごようはんた》となる。

そのなかでも創設されたばかりの南町《みなみまち》奉行所の『特命同心《とくめいどうしん》』は、ひそかだが人知れずに忙しい。『特命』とは奉行からの特別な命による任務、という意味にほかならない。

ご府内《ふない》の治安維持《ちあんいじ》のため、定廻《じょうまわ》り、臨時廻り、隠密《おんみつ》廻りの外役《そとやく》同心合わせて十四人がいるが、それではとても足《た》りず、捕縛率《ほばくりつ》は上がらず、盗《ぬす》っ人《と》や悪党どもは跳梁《ちょうりょう》跋扈《ばっこ》する一方だ。

常々《つねづね》事態を憂慮《ゆうりょ》していた南町奉行根岸肥前守鎮衛《ねぎしひぜんのかみやすもり》は、そこで一騎当千《いっきとうせん》の強者《つわもの》二人に特命の任を与え、特命同心とした。

根岸という人は、『耳袋《みみぶくろ》』という巷の出来事を綴《つづ》った随筆集《ずいひつしゅう》を、『根岸守信《もりのぶ》』の名で世に出している名高い文人《ぶんじん》でもあるのだ。歴代南北町奉行のなかでそういう一面を持った人はおらず、まさに異色の存在といえよう。

特命同心のお役は表向きの同心分課には載《の》せず、根岸はあくまで陰《かげ》のお役とした。

ゆえに特命の同心二人は奉行所へ出仕《しゅっし》するには及ばず、犯科《はんか》の臭《にお》いを嗅《か》ぎつけたら独自に動いてよいことになっている。それも彼らが出動するのは花見の喧嘩などではなく、もっと兇悪《きょうあく》な事件だ。

一騎当千の二人の名は、帰山貴三郎《かえりやまきさぶろう》、深草新吾《ふかくさしんご》という。

帰山貴三郎は元人足寄場《にんそくよせば》同心で、五人の罪囚《ざいしゅう》が徒党《ととう》を組み、石川島《いしかわじま》からの脱出を謀《はか》った折、貴三郎一人でこれを叩《たた》きのめして阻止《そし》した。

深草新吾の方は老中《ろうじゅう》、若年寄《わかどしより》の対客日に門前を警備する門前廻《もんぜんまわ》り同心だったが、ある時若年寄を狙《ねら》った不逞《ふてい》浪士の襲撃《しゅうげき》があり、やはり新吾一人でこれを防《ふせ》いだ。

貴三郎は新陰流《しんかげりゅう》、新吾は念流《ねんりゅう》の剣の奥義《おうぎ》を極《きわ》めた腕前で、共に三十俵《びょう》二人扶持《ぶち》の下級武士である。

根岸は二人の剛腕《ごうわん》を買い、それぞれのお役を解任《かいにん》させて新任の特命同心としたものだ。

隠密のお役ゆえに十手《じって》は与えられず、身分の証《あかし》として持たされたのは木製の手札《てふだ》一枚のみである。それには南の御番所の役人であるという証明と、根岸の名と花押《かおう》が彫《ほ》られてある。

二人の身装《みなり》は他の同心と変わらず、黒羽織《くろばおり》に着流し、両刀を差している。その風情《ふぜい》はそこいらにいる無役の御家人《ごけにん》にも見える。

この二人の補佐役として、根岸は小りんという娘を配《はい》した。元岡っ引きの忘れ形見だ。

小りんも十手は無用とし、手札を持たされている。ゆえに小りんは父親の形見の鳶口《とびぐち》を腰の後ろに差し込み、万一に備《そな》えている。

「帰山を主《しゅ》とし、深草、小りんを従《じゅう》とする」

それが根岸の御下命《ごかめい》であった。

その三人が春宵一刻値千金《しゅんしょういっこくあたいせんきん》のなか、日本橋川《にほんばしがわ》の河岸《かし》に沿《そ》ってぶらぶらと歩いて来た。

中橋広小路《なかばしひろこうじ》で兇状持《きょうじょうも》ちの無頼漢《ぶらいかん》数人が、定廻り同心と岡っ引きらに追い詰められて大暴れをしているところへ、三人が突入してこれを取り押さえ、南茅場町《みなみかやばちょう》の大番屋《おおばんや》へ突き出しての帰路である。

ここいらは名所と言われるほどではないにしろ、まばらに桜木が並んでいて、少し寂《さび》しいが夜桜を楽しめる。いつも事件に駆《か》けずり廻っていて、名所でゆっくり花見などできない彼らにとって、この程度の桜でも有難《ありがた》いのである。

それに仕事を終えた解放感が心を和《なご》ませていたし、大番屋で定廻り同心に感謝されて酒をふるまわれたことも、彼らの気分をよくしていた。兇状持ちを捕《と》えた祝い酒だ。

「二人ともどうだ、桜に因《ちな》んだ言葉を挙《あ》げ連《つら》ねてみろ」

ふところ手の貴三郎が遊び心で提案《ていあん》した。

貴三郎は二十半ばにして意思強固《いしきょうこ》な面構《つらがま》えをしており、色浅黒《あさぐろ》く、狷介孤高《けんかいここう》な感の男である。だがよく見れば眉目優《びもくすぐ》れた男ぶりで、隆《りゅう》として上背《うわぜい》があって胸板厚く、強靭《きょうじん》な肉体を持った偉丈夫《いじょうふ》だ。

「うむ、桜、桜、桜かあ……」

急に言われて新吾は考え込む。

新吾は貴三郎より二つ三つ年下で、痩身《そうしん》でひょろっとして見えるが、筋肉は引き締まって動きは常に敏捷《びんしょう》だ。猛者《もさ》らしく見えないところが新吾らしき所以《ゆえん》で、またその顔つきはどこかやさしげだから、余人《よじん》は騙《だま》されるかも知れない。

二人の背丈《せたけ》は共に五尺八寸（約百七十六センチ）余《あまり》で、当時としては群《ぐん》を抜く長身だ。

「それならいろいろありますよ。えっと、えっと、なんでしたっけ……」

小りんも楽しげに考えに耽《ふけ》る。

今宵《こよい》の小りんは紺地《こんじ》に小花を散らせた小袖《こそで》に身を包んでいる。鼻筋の通った瓜実顔《うりざねがお》で、形のよい額《ひたい》に秀抜《しゅうばつ》な男眉《おとこまゆ》を持ち、白粉《おしろい》っ気《け》はないものの、女のたしなみで口紅をちょこっと色添《いろぞ》えしている。それがえもいわれぬ艶《なま》めかしさを醸《かも》し出《だ》している。年の頃は二十を出て間もなくで、若さではち切れそうなこの娘はきりっと勝気《かちき》に見える。

新吾が唱《とな》え始めた。

「桜餅《さくらもち》、桜団子《さくらだんご》、桜飴《さくらあめ》、まだまだあるぞ、桜粥《さくらがゆ》、桜海老《さくらえび》、桜烏賊《さくらいか》、それに桜煮《さくらに》はどうだ」

小りんは笑いを怺《こら》えながら、

「深草様ってどうしてそう食べるものばかりなんですよう。最後におっしゃった桜煮ってなんですか」

「桜煮はおまえ、蛸《たこ》の足を薄く輪切りにしたものをたれ味噌《みそ》で煮て食うんだ。美味《びみ》だぞ」

「食べたことありませんねえ」

「おまえは思いつかんのか」

「え、そう言われましても……桜草とか桜田門とか、煙管《キセル》のことを桜張りとも言いますけど」

「言い出しっぺの帰山さんはどうなんです」

新吾が貴三郎を見て言った。

「桜褪《さくらざ》めというのはどうだ」

「なんですか、そりゃ」

新吾は頓狂《とんきょう》な声で言う。

「桜の花の色はすぐに褪めるのでな、古《いにしえ》より移ろい易《やす》い男女の恋心のことを言っている」

「たまげたな、小りん。恐《おそ》れ入谷《いりや》の鬼子母神《きしぼじん》じゃないか。やはり帰山さんともなると言うことが違うぞ」

新吾が揶揄《やゆ》めかして小りんに言う。

小りんはくすっと笑って、

「いいえ、とても帰山様らしいですよ。恋なんてものとは縁遠《えんどお》いお人のように見えて、本当はあたしたちの知らない心をどこかに持ってるんです。それをお披露目《ひろめ》しないだけですよね、帰山様」

曖昧《あいまい》な笑《え》みでふっと表情を綻《ほころ》ばせ、貴三郎は何も言わない。

「おっ、あんな所に燗酒屋《かんざけや》が」

新吾が指差す先の荒布橋《あらめばし》の袂《たもと》に、燗酒屋の屋台が店を出していて、『おでんかんざけ』と書かれた提灯《ちょうちん》が、誘《いざな》うように赤い灯《ひ》を照《て》らしていた。

「どうですか、帰山さん、寝酒にもう一杯」

「いいだろう」

貴三郎が承知すると、小りんもうなずき、

「あたしもつき合いますよ」

三人は屋台へ近づいて行った。

燗酒屋などをやっているのは、おおよそ爺《じじ》むさい親父《おやじ》と決まっているが、意外なことに中年増《ちゅうどしま》の女であった。しかも娘と思《おぼ》しき七、八歳の少女に手伝わせている。母子《おやこ》らしいが共に木綿《もめん》の粗末《そまつ》な着物姿で、みすぼらしくも哀《あわ》れに見えた。女の名はお島《しま》、少女を千代《ちよ》という。
三人はなんとはなしに見交《みか》わし合《あ》い、銘々《めいめい》燗酒を注文し、おでんも頼んだ。
この頃のおでんは田楽焼《でんがくや》きのことで、豆腐《とうふ》に串《くし》を刺《さ》し、味噌をつけて焼いたものの
ことを言う。絹はなく、すべて木綿豆腐だ。ほかに蒟蒻《こんにゃく》、茄子《なす》、里芋《さといも》なども串刺し
にして食わせている。おでんとは元々《もともと》田楽の女房詞《にょうぼうことば》なのである。
「燗酒屋の主《あるじ》が女とは珍しいな」
貴三郎が田楽をぱくつきながら、お島に話しかけた。
するとそれまで身を屈《かが》めて作業していて、まともに顔を見せなかったお島が、笑み
を浮かべて三人を見ると、
「ええ、お客さんによくそう言われます」
きれいな声で言った。
お島は細面《ほそおもて》に薄化粧を施《ほどこ》し、黒目勝ちな瞳《ひとみ》が美しく、器量《きりょう》整《ととの》い、髷《まげ》は簡素《かんそ》なおし
やこに結《ゆ》っている。年は二十七、八かと思われた。
新吾が割《わ》って入り、
「しかしあんたみたいなきれいな人がやってるとがっかりする客はいないだろう。酒

までうまくなるぞ」

お島を持ち上げ、ははは と一人で笑った。

お島は手を横にふって、新吾の言葉を打ち消す。

小りんは新吾の軽口に眉を顰《ひそ》めながら、

「でも屋台を引いて来るだけでも大変じゃありませんか。お家は近くなんですか」

「長谷川町《はせがわちょう》です。この子が後押《あとお》ししてくれますんで助かってます」

お島が千代を見て言う。

千代は笑みを含《ふく》んだ顔で恥《は》ずかしそうにうつむいている。顔立ちはあまり母親に似ておらず、頬《ほお》がぷっくらして、唐人髷風《とうじんまげふう》のつけ髷が可憐《かれん》だ。髪飾りに小さな桜の花弁《かべん》のついた小枝を挿《さ》しているところが、なんともご愛嬌《あいきょう》で、幼いながらも女を主張している。

どんな事情があって母子でこんな屋台をやっているのか、三人三様に興味は抱《いだ》いたものの、ぶしつけに詮索《せんさく》するわけにもゆかず、後はお島と雑談《ざつだん》を交わしてお茶を濁《にご》した。

屋台を出す場所はその日によって異《こと》なり、荒布橋のこの辺《あた》りか、親仁橋《おやじばし》、思案橋《しあんばし》、小網町界隈《こあみちょうかいわい》だとお島は言う。住居《すまい》が長谷川町なのだから、至極妥当《しごくだとう》かと思われた。

その夜の邂逅《かいこう》はそれだけのやり取りで終わった。

しかしこれは、ほんの序幕《じょまく》に過ぎなかったのである。

二

特命の秘密の役所は、本八丁堀《ほんはっちょうぼり》一丁目の河岸に面した一軒の仕舞屋《しもたや》である。

越中橋《えっちゅうばし》から南へ、楓川《かえでがわ》沿いに御用蔵の並ぶ暗い道をどこまでも行くと、その仕舞屋に行き当たる。隣接《りんせつ》した家はない。

役所といっても秘密なのだから、それらしき機能を持っているわけではなく、捕吏《ほり》や小者《こもの》などが常駐《じょうちゅう》しているはずもない。敷地三十坪ほどの、ごくありふれた平屋の民家だ。

格子戸《こうしど》を開《あ》けると一帖《いちじょう》余の三和土《たたき》になっていて、まっすぐ延びた廊下の左右に六帖や四帖の部屋が四つほど並び、竈《へっつい》も厠《かわや》もあるが内湯《うちゆ》はない。寝泊まりできる何人分かの夜具《やぐ》は揃《そろ》っている。

そこは奉行根岸が、特命のために買い上げた家なのだ。

貴三郎と新吾は八丁堀に組屋敷（官舎《かんしゃ》）があり、近いからふだんはそこへ帰るが、事件のなりゆき如何《いかん》によっては居つづけとなる。

小りんもおなじだが、彼女には浅草聖天町《あさくさしょうでんちょう》に実家があった。特命の仕舞屋よりは小さい家だが、かつてそこで岡っ引きの父親と母親の三人で暮らしていたのだ。そのふた親も今は歿《ぼっ》してしまった。

特命の仕事をやるようになってからも、小りんはしょっちゅう実家へ帰って、掃除や夜具を干《ほ》したりしている。人が寄りつかなくなると家は錆《さ》びつくから、そうはしたくないのである。だが近頃ではそれも月に二、三度となり、本八丁堀泊まりが多くなっていた。

それではいけないと思っても、やむを得《え》ず事件の方に引っ張られ、そのうち寝食《しんしょく》を忘れるほど熱くなってしまうのだ。

父親譲《ゆず》りの岡っ引きの血が正しく流れていると、そんな自分を小りんは自覚していた。

燗酒売りのお島と出会ってから、二日後の昼のことである。

貴三郎は本八丁堀の仕舞屋に一人でいて、茶漬《ちゃづけ》を食べていた。

一般庶民が家で食べる茶漬は冷や飯に煎茶《せんちゃ》をぶっかけ、香《こう》の物《もの》を添《そ》える程度だが、この頃は茶漬屋が大流行《おおはや》りで、『婆々《ばば》の茶漬』、『七色《なないろ》茶漬』、『山吹《やまぶき》茶漬』などと銘々《めいめい》に称し、どこの町でも鎬《しのぎ》を削《けず》っている。

貴三郎は独《ひと》り暮らしが長いから、茶漬の支度《したく》などお手のもので、苦《く》にはならないのだ。

新吾と小りんは鉄砲洲《てっぽうず》の浜に水死体が揚《あ》がったという知らせを受け、朝のうちからそっちへ出張《でば》っていた。

さらさらと箸《はし》を運びながら、貴三郎は北向きの連子窓《れんじまど》の方へ目をやった。軒下《のきした》の風鈴《ふうりん》が風に弄《もてあそ》ばれ、ちんちりりんと時節外《じせつはず》れの音色《ねいろ》をさせている。ここへ役所を開いたのが去年の夏の終わりで、なんの気なしに自分で吊《つ》るしたのだが、冬になった時には違和感《いわかん》を持ったものの、多忙《たぼう》で手が廻《まわ》らずにそのままになっていた。すっかり春めいた今も、やはりその音はおかしなものだった。

外さねばいかんと、茶漬を平《たい》らげて席を立ち、窓辺《まどべ》に寄ったところへ、格子戸の開く音がした。

「もし、帰山様はおられますか。本八丁堀の治兵衛《じへえ》にございます」

聞き覚えのある男の声がした。

貴三郎が玄関へ出て行くと、本八丁堀の自身番《じしんばん》、町役人《ちょうやくにん》の家主《いえぬし》治兵衛がもう一人の町役人らしき男と並んで立っていた。二人とも老齢《ろうれい》で、きちんと羽織を着込み、物《もの》腰《ごし》が世馴《よな》れてやさしい。

如何《いか》に秘密の役所とは言っても、町内の自身番ぐらいにはここの内情は伝えてあり、貴三郎は治兵衛とは顔馴染《かおなじ》みだった。奉行所と町内で運営する自身番は密接《みっせつ》な関係なのだ。

「どうした、治兵衛」

貴三郎が問うと、治兵衛は揉《も》み手をしてすり寄り、

「ちょいと面妖《めんよう》なことが起こりまして、帰山様にお話を聞いて頂《いただ》こうかと」

そう言い、もう一人を指《さ》して、「この人は長谷川町の自身番の家主で可七《かしち》さんと申します」と引き合わせた。

可七が前へ出て、白髪頭《しらがあたま》を丁重《ていちょう》に下《さ》げた。

二人を奥の間へ通し、貴三郎は話を聞くことにした。

「町内に六条長屋《ろくじょう》と申す五軒長屋《ごけん》がございまして、そこに住むお島さんという人の娘が、ゆんべから戻らなくなって困っております」

可七の言葉に、貴三郎は妙《みょう》な心具合になって、

「お島は何をやっている女だ」

「千代と申す七つになる娘と二人暮らしで、日が暮れると燗酒売りに出ております」

「…………」

こんな奇遇《きぐう》があるものかと、貴三郎は内心で驚くが、二日前の荒布橋での出会いはあえて二人に告《つ》げぬまま、

「その千代が行《ゆ》く方《かた》知れずになったのか」

「はい。昨日の日暮れ辺りから千代の姿が見えなくなりまして、みんなで探しに出たんですがどこにも……今日になっても千代はそのまんまで、人さらいか神隠しか、あるいはもっと悪く考えたら、そのう……」

可七が言い淀《よど》む。

「拐《かどわか》しか」

貴三郎が図星《ずぼし》を指した。

「は、はい、もう不安は募《つの》るばかりなんでございます」

訴《うった》えるように可七が言った。

三

六条長屋は長谷川町の裏通りにあり、付近にもおなじような長屋が何棟か建ち並んでいた。

貴三郎が治兵衛、可七の案内で来ると、長屋の住人数人が路地《ろじ》に集まり、不安そうな額を寄せ合って話し込んでいた。千代の心配をしているらしく、可七はそこへ行って話を聞いている。やがて戻って来て、千代の捜索《そうさく》に進展《しんてん》がないことを貴三郎に告《つ》げた。

貴三郎は治兵衛と可七をそこへ待たせておき、お島の家の前に立った。

家の横には、見覚えのある燗酒売りの屋台が置いてある。

貴三郎が油障子《あぶらしょうじ》を開けると、茫然《ぼうぜん》と座敷にうずくまるようにし、憔悴《しょうすい》しきった様子でいたお島が力のない目を上げた。貴三郎を見て少なからず驚きの表情になる。

「まあ、お武家様は……」

貴三郎はお島へうなずいておき、油障子を閉《し》め切って二人だけになると、

「おれは南町の帰山貴三郎という」

上《あ》がり框《かまち》に掛《か》けて名乗った。

「お役人様でございましたか」

「そうだ」

「驚きました」

「おれも驚きだぞ。よもやこんな形で再びおまえに会おうとはな」

お島は黙《だま》って頭を下げる。

「娘が戻らぬそうだな」

お島は「はい」と言って目を落とし、げっそりやつれた顔でうなだれた。恐らく昨夕から、飯も水も喉《のど》を通らないに違いない。

「いなくなったのは昨日の夕暮れと聞いた。おれたちとおまえが荒布橋で会った次の日なのだな」

お島が蚊《か》の鳴くような声でまた「はい」と言った。

「その辺の経緯《いきさつ》をおまえの口から聞きたい」

「千代が遊びに出たままなかなか帰らないので、どうしたものかと探しに出たんです。ご存知《ぞんじ》のように七つ半（午後五時）頃には、二人で屋台を引いて商売に出掛けなくちゃいけませんので」

「うむ」

「けどいつもの遊び場に行ってみても姿がないものですから、だんだん心配になってきまして、町役人の可七さんや長屋の人たちに声を掛けて一緒に探して貰《もら》ったんです。そうなりますとても商売どころじゃありません。でもその晩はとうとう千代は帰らず、あたしは一睡《いっすい》もしないで夜を明《あ》かしました。今朝《けさ》になってまたおなじような所を行ったり来たりしてみたものの、やっぱり駄目《だめ》で、もうどうしたらいいのか……」

精根《せいこん》尽きたように、お島が声を震《ふる》わせて言う。

「それ以前に不審《ふしん》なことはなかったか」

「不審と申しますと?」

「怪《あや》しい者がうろついていたとか、誰かが娘につきまとっていたとかだ」

「いいえ、そういうことはありません。いつもあたしの目がありましたし、長屋の人たちにもそれらしいことを聞いてみましたが、今のところ妙な話は耳に入って参《まい》りません」

「娘の父親はどうしたのだ」

「父親は……もうこの世には」

「死別したのか」

お島が寂《さび》しい横顔でうなずき、

「二年前に病《やま》いを得まして……とても腕のいい指物師《さしものし》でした。その時は神田《かんだ》の方に住んでおりましたけど、去年ここへ千代と越《こ》して来たんです」

「燗酒屋を始めたのは長谷川町へ来てからなのか」

「手に職を持ってなくて、酒を売って生計《せいけい》を立てようと思ったんです」

「おまえのふた親は」

「あ、ふた親はもう……どうしたわけかあたしの家はみんな早死にでして、兄さんが一人いましたけど、それも今は……」

今改めて見るに、お島のやつれた様子は千代の失踪ばかりでなく、それ以前の労苦《ろうく》や辛酸《しんさん》も積み重なっているように見受けられた。

幸薄いその女に、貴三郎は少なからず同情を寄せる。

「娘がいなくなる心当たりはないのだな」

「まったくございません」

そう言った後、お島は藁《わら》にも縋《すが》るような目を貴三郎に向け、

「帰山様、お助け下《くだ》さいまし、なんとか娘の無事な姿を。後生《ごしょう》でございます」

必死の母親の表情で言った。

四

本八丁堀の仕舞屋へ戻って来ると、奥の間から新吾と小りんの弾《はじ》けるような笑い声が聞こえてきた。

昼下《ひるさが》りの日は翳《かげ》っている。

貴三郎がのっそり座敷へ入るや、二人は明るい笑顔で迎《むか》えて、

「お帰りなさい、帰山さん」

屈託《くったく》のない声で新吾が言えば、次《つ》いで小りんも、

「どちらへ行かれてましたか」

　貴三郎はそれへはまず生返事《なまへんじ》をしておき、

「どうした、鉄砲洲の土左衛門《どざえもん》は」

「それが帰山さん、笑っちまうんですよ。浜に打ち上げられた土左衛門は生きていましてね、佃島《つくだじま》の漁師の父《と》っつぁんだったんです」

　新吾が言い、小りんが継《つ》いで、

「父っつぁんは大酒飲みで、ゆんべ遅くまで島の小屋でくだ巻いていたのまでは憶《おぼ》えてるようなんですが、その後のことが飛んじまって、気がついたら一人でどんぶらこっこと舟に乗ってたって言うんです。その言い方がおかしくって」

　新吾と顔を見合わせて笑い、

「それで鉄砲洲が見えてきたところでざんぶと舟から落ちて、懸命《けんめい》に泳いでるうちに気を失って、打ち上げられた時は土左衛門と間違われて大騒ぎになったと、そういうわけだったんですよ」

　さらに新吾が継いで、

「酒のお蔭《かげ》で海の冷たさも感じなかったというんですから、よほど心の臓が丈夫だったんでしょう。まったく、信じられませんよ。ともかく事なきを得まして、不幸中の幸いだったんです」

貴三郎が苦笑《くしょう》で、

「そうか、大《たい》したことがなくてよかった」

一人で長火鉢《ながひばち》の薬罐《やかん》を取って茶を淹《い》れようとするから、小りんがそれを止めて代わり、

「帰山様の方はどちらへ行かれてたんです」

湯気《ゆげ》の立った茶を差し出しながら言った。

貴三郎は「うむ」と言い、茶を味わいながら、

「おれの方はちと厄介《やっかい》なことになりそうなのだ」

「えっ」

新吾が真顔《まがお》になって小りんと見交わし、貴三郎の次の言葉を待った。

そこで貴三郎は、二日前の宵に三人で会った荒布橋の燗酒売りの女と、町役人を介して奇遇《きぐう》にも再会し、あの時一緒にいた娘が昨日から行く方知れずになっている件を打ち明けた。ここへ戻る途中も、長谷川町を中心に界隈を歩いて娘を探していたとも

言う。

「拐しですか」

新吾が色めき立って言った。

「まだそうと決まったわけではないが、七つの子がたった一人で勝手にどこかへ行き、帰って来ないということはあり得まい。拉致《らち》された場合もあるとおれは思っている」

「脅《おど》し文《ぶみ》なんぞは」

これも新吾だ。

「今のところそれはない」

小りんが小首を傾《かし》げながら、

「でも拉致するにしたって、拐しは大抵金持ちの子供って相場《そうば》は決まってますよね。長屋住まいのあの人じゃ身代金《みのしろきん》も用立てられないじゃありませんか」

「確かにそうだ。しかし何がどうあれ、母親の落ち込みぶりを見ていると気の毒でならんのだ。おれはこの後また探しに出ようと思っている」

「わたしもつき合いますよ」

そう言う新吾に、貴三郎もうなずく。

するとりんが、

「ちょっと待って下さい、燗酒売りのあの人はどんな人なんです」

「名はお島、娘は千代という。二年前に指物師の亭主に死なれ、去年、娘と二人で神田から長谷川町へ越して来たらしい。手に職がないので酒を売って生計を立てているという話だ」

「そんな健気《けなげ》な母子に不幸が見舞《みま》ってはいけませんな。早速《さっそく》探しに出ましょう」

「うむ」

貴三郎、新吾、小りんが同時に席を立って行動を起こしかけた。

そこへおもむろに格子戸の開く音がした。

三人が怪訝《けげん》に見交わし合う。

廊下を静かに来る足音が聞こえ、宗十郎《そうじゅうろう》頭巾《ずきん》の根岸肥前守鎮衛が入室して来た。

「お奉行……」

前触《まえぶ》れのない奉行の突然の来訪《らいほう》に、貴三郎が驚きの声を漏《も》らし、慌《あわ》ててその場に畏《かしこ》まった。新吾と小りんも居住《いず》まいを正《ただ》してそれに倣《なら》う。

根岸は上座《かみざ》に着座《ちゃくざ》するなり、

「とんでもないことが持ち上がったぞ」

頭巾を取り外しながら言った。

根岸は黒羽織に袴姿《はかますがた》で、与力《よりき》風に装《よそお》っている。七十過ぎで、風格《ふうかく》のある白髪がよく似合っている。なめし革のように柔軟《じゅうなん》に鍛《きた》え上げた肉体はぴんと張り詰め、衰《おとろ》えを感じさせない男だ。物腰は泰然《たいぜん》とし、風貌《ふうぼう》も年相応《としそうおう》に威圧感《いあつかん》がある。こうした武家の姿でいる限り、根岸に文人の面影《おもかげ》はなく、あくまで法の番人の威厳《いげん》を保《たも》っている。

「どのような事件で」

貴三郎が問うと、根岸は言下《げんか》に、

「拐しだ」

と言った。

拐しと聞いて、三人が奇妙《きみょう》な思いで視線を交わし合った。たった今話し合っていたばかりの、千代の行く方知れずの件が交錯《こうさく》する。

「それが実に奇《き》っ怪《かい》な拐しでの、脅し文も何もない。犯科人《はんかにん》の影も形も見えぬ。それでいて身代金は千両という」

「仔細《しさい》をお聞かせ下され」

貴三郎の言葉にうながされ、根岸が語った話はこうだ。

定廻り、臨時廻り、隠密廻りの外廻り三役の同心には私費で雇《やと》う小者、すなわち岡っ引き連中がいるが、彼らはあくまで外部の者扱いで、奉行所への出入りも正式に許されているわけではない。十手の携行《けいこう》も無用となっているものの、それは表向きであり、彼ら岡っ引きらは無房の十手を持って御用風《ごようかぜ》を吹かせている。奉行所にも本音《ほんね》と建前《たてまえ》があって、都合の悪いことには頬被《ほっかむ》りをしているようだ。

それら岡っ引き連中とは別に、おなじような仕事をしている『捕亡方《ほぼうがた》』という小者の一群がいる。身分は町人だが、下目付《したためつけ》、下役《したやく》などというもっともらしい呼称《こしょう》を与えられ、れっきとした役所の吏員《りいん》としてわずかながら扶持も貰っている。

そんな最下級の吏員に、又助《またすけ》という男がいた。まだ若く、二十三である。

又助は真面目《まじめ》な男で、酒も煙草《たばこ》もやらず、博奕《ばくち》などもってのほかの堅物《かたぶつ》だ。夕方に仕事を終えて役所を出ると、鎌倉河岸《かまくらがし》の長屋へまっすぐ帰り、貰ったばかりの女房と二人だけで夜を過ごすことを楽しみにしていた。

平々凡々《へいへいぼんぼん》のそんな又助に異変《いへん》が起こったのは、昨夜《ゆうべ》のことであった。

夜の営《いとな》みを終えた又助が、ぐっすり寝入っている女房を起こさぬように家を出て、満天《まんてん》の星空を眺《なが》めようとした。長屋は寝静まっていた。

又助はそうやって星を眺めることが、唯一無二《ゆいいつむに》の趣味なのだ。飽《あ》きずに見ていると心が洗われるような気持ちになり、明日の英気《えいき》も養《やしな》えると思っている。

その又助に背後から不意《ふい》に男の影が忍び寄り、ぴたっと密着《みっちゃく》して囁《ささや》いた。

「いいか、又助さん、黙《だま》って言うことを聞きなせえ」

町人と思《おぼ》しきざらついた中年男の声だ。

又助は怖《おそ》ろしくなって、口も利《き》けなくなった。中肉中背《ちゅうにくちゅうぜい》の彼の背中には、匕首《あいくち》の白刃《しらは》らしきものがちくりと押し当てられている。

「こっちは長谷川町の六条長屋に住む千代って子を預かってるんだ」

「ええっ、そりゃいったいなんのことだね」

「黙って聞けと言ったはずだ」

刃先が食い込み、又助は押し黙った。

「子供を返して欲しかったら、身代金に千両を申し受けてえ」

千両と聞いて又助は仰天《ぎょうてん》し、

「千両なんて、そんな長屋の子の親に出せる金高じゃないだろう。あんた、頭がどうかしてるよ。それにこのあたしになんの関《かか》わりがあるんだい」

「つなぎをつけるのがおめえさんの仕事じゃねえのか」

「そ、そりゃそうだけど……」

「いいか、ここが肝心《かんじん》だ。その千両のお宝を用意するのは今をときめく千両役者《せんりょうやくしゃ》の嵐菊之丞《あらしきくのじょう》なんだ。菊之丞に身代金を払わせる。そうすりゃ千代は返してやる。そういう寸法《すんぽう》よ」

「そんな無茶《むちゃ》な。途方《とほう》もない話だ。赤の他人の菊之丞が身代金を払うわけがないよ」

「払うか払わねえかはおめえさんの知ったこっちゃあるめえ。今おいらが言ったことを忠実《ちゅうじつ》に伝えてくれ」

「誰に伝えるんだね」

「明日役所へ行って、与力や同心に聞いたまんまを言やあいいのさ」

「いや、それは、ちょっと待ってくれ」

又助がそう言った時には、すうっと風が動いて男は忽然《こつぜん》と姿を消した。烈《はげ》しい憤《いきどお》りを覚え、又助はそこいらを駆けずり廻《まわ》ったが、男の影はどこにもなかった。

――そこまでを語り終え、根岸が深い溜息《ためいき》をついた。

「うまいことを考えたものだ。捕亡方の者なら間違いなく役人に話は伝わる。今朝になってわれらはその話を又助より聞き、大騒ぎとなった。直《ただ》ちに人を走らせ、長谷川町の六条長屋で千代なる七歳の子が行く方知れずになっている事実を確かめた」

三人は張り詰めた面持ちで聞いている。

「これは由々《ゆゆ》しきことではないか。貧乏人の子を拉致しておき、その身代金を千両役者に払わせる。嵐菊之丞は人気稼業《にんきかぎょう》ゆえ無下《むげ》には断れぬ。したが面妖なるは、身代金の受け渡し場所も何も伝えぬことだ。いついつまでにどこそこに千両と、その指図《さしず》がない。犯科人の輪郭《りんかく》が浮かんでこぬ。これはいったい何が目当《めあ》てなのか、このわしでさえも見当《けんとう》がつかぬわ」

「いえ、お奉行、実は……」

何か言いかける新吾を、貴三郎がすばやく目で刺し、

「その一件をわれらが」

「そうだ、確《しか》と頼む。姿の見えぬ犯科人を突きとめてくれ。拐しは内部にも秘密にせねばならん。ぬかりなくやらねば人質の命に関わるでの。ましてやこたびは幼き娘なのだ。それがこっちの失策《しっさく》で命をはかなくしては目も当てられぬ。生かして取り戻し

て貰いたい」

「承知致《いた》しました」

「よいか、このことゆめゆめ外部に漏れぬように取り計らえ。あくまで隠密裡《おんみつり》に動き、事を落着《らくちゃく》させてくれ。これこそ特命の役儀《やくぎ》であるぞ」

言うだけ言うと、根岸は再び頭巾を被り、出て行った。

暫《しば》し沈黙《ちんもく》が支配した。

やがて新吾が口を切った。

「帰山さん、この一件、なんだか見えない糸に導《みちび》かれているような不思議な気がします。荒布橋でわたしたちがあの母子に会ったそもそもから、そんな運命を感じます」

「同感だな。それにお奉行も申されたようにこれはわれら特命にうってつけだ。おれたちだけでうまくやろうぞ。よいな、二人とも」

貴三郎の指図に、新吾と小りんは緊張《きんちょう》の目でうなずいた。

五

初代《しょだい》嵐菊之丞は安永《あんえい》、天明《てんめい》の頃に立女形《たておやま》として一世《いっせい》を風靡《ふうび》した絶頂期《ぜっちょうき》があり、大いに満都《まんと》を沸《わ》かせた。

また初代は稀代《きたい》の艶福家《えんぷくか》でもあり、あちこちに種をばら撒《ま》き、その死後には何人かの忘れ形見が名乗り出た。しかし一人として役者の才に恵《めぐ》まれた者はなく、消えていった。

嵐菊之丞の名跡《みょうせき》を継ぐ者がなければ途絶《とだ》えるしかなく、人々の惜《お》しむ声もやがて聞こえなくなった。

それが文化《ぶんか》年間に入り、江戸三座《さんざ》の一つ市村座《いちむらざ》の金主越前屋茂兵衛《きんしゅえちぜんやもへえ》の前に、またしても初代菊之丞の遺児《いじ》を名乗る者が現れた。

遺児は江戸郊外王子村《こうがいおうじむら》の出で、半六《はんろく》という十七歳の若者であった。付《つ》き添《そ》いの者の証言によれば、半六は初代がお亀《かめ》というお針の女中に手をつけて産ませた子だという。初代の御墨付《おすみつき》もあったから、まるで大名並である。

初代は身籠《みご》もったお亀に因果《いんが》を含《ふく》ませ、持参金《じさんきん》つきで王子村の百姓嘉右衛門《かえもん》との後添《のちぞい》として祝言《しゅうげん》を挙《あ》げさせたのだ。そこで生まれたのが半六だった。

越前屋がよくよく見れば、半六は初代に生《い》き写《うつ》しで、もしやという勘《かん》が働き、彼を引き取って市村座に預けることにした。芝居のいろはから教えさせて厳《きび》しく稽古《けいこ》をつけ、科白廻《せりふまわ》し、発声《はっせい》、所作《しょさ》、仕草《しぐさ》から声色《こわいろ》、踊りに至《いた》るまで、女形としてみっちり仕込《しこ》んだ。

半六は元より筋《すじ》がよく、みるみる才覚《さいかく》を現《あらわ》し、まさに初代を彷彿《ほうふつ》させるに充分《じゅうぶん》であった。

やがて文化五年（一八〇八）に、半六は初舞台を踏《ふ》むことになった。

それがたちまち評判を取り、越前屋の後押しもあって、二代目嵐菊之丞を襲名《しゅうめい》するに至ったのである。

人気沸騰《ふっとう》は特にこの二、三年で、今では二代目菊之丞として押しも押されもしない立女形に成長した。当代一《とうだいいち》の名女形、岩井半四郎《いわいはんしろう》を凌《しの》ぐほどの勢《いきお》いだともっぱらの評判で、菊之丞は市村座の看板を背負って立っているのだ。

また千両役者という呼び名は決して誇張《こちょう》ではなく、二代目はそれだけの年給金《ねんきゅうきん》を得ていた。

そうして王子村出の若者半六は、大出世を遂《と》げて一躍時《いちやく》の人となったが、育ててくれた養父嘉右衛門への恩を忘れずに在所《ざいしょ》を訪れ、養父ばかりでなく、土地の人々にも金品を施《ほどこ》すから評判は極《きわ》めてよかった。半六は今や土地の名士《めいし》なのだ。生みの親のお亀は、数年前に若くして他界《たかい》していた。

菊之丞の出世作は『仮名手本忠臣蔵《かなでほんちゅうしんぐら》』のお軽《かる》、『助六廓家桜《すけろくくるわのいえざくら》』の揚巻《あげまき》、『お染久松色読販《そめひさまつうきなのよみうり》』のお染の早変わり七役など、いずれも大当たりを取った。

また『京鹿子娘道成寺《きょうがのこむすめどうじょうじ》』などは、菊之丞のあまりの美しさに、失神《しっしん》する女客も出たという伝説まで残した。

嵐菊之丞の家は市村座のある葺屋町《ふきやちょう》近くの新乗物町《しんのりものちょう》で、千両役者にふさわしい豪《ごう》奢《しゃ》な邸宅《ていたく》だった。百坪余の土地に黒板塀《くろいたべい》を巡《めぐ》らせ、門前の桜が今を盛りと咲《さ》き誇《ほこ》っている。

芝居がはね、暮れ六つ（午後六時）を過ぎる頃に菊之丞は大勢の弟子たちに送られ、駕《か》籠《ご》で帰って来て邸内へ入って行った。

この時代、火災防止の上から夜間興行《やかんこうぎょう》は禁じられていた。

貴三郎は物陰《ものかげ》にいて、弟子たちが去るのを見届《みと》けて邸内へ向かった。踏み石のずっと先に玄関があり、格子戸を開けて「ご免《めん》」と声を掛ける。

静かな足音が聞こえてきて、手燭《てしょく》を持った菊之丞の女房お扇《せん》が現《あらわ》れた。

「へい、どちらさんで」

お扇が三つ指を突いて言う。

年は二十半ばで、顔を白く塗《ぬ》って髪を櫛巻《くしま》きにし、抜《ぬ》き襟《えり》から覗《のぞ》く白く細い首にえもいわれぬ色気があった。また華奢《きゃしゃ》な腰に巻きつけた帯が、きりっと胴を締めつけた立ち姿も美しく、その小粋《こいき》な風情《ふぜい》からひと目でお扇は芸者上がりとわかる。

「こういう者なのだ」

貴三郎が手札を見せると、お扇はそれを手に取って眺《なが》め入《い》り、「お奉行所の御方《おかた》でござんすか」

怪訝な顔をして言った。

「嵐菊之丞に内密の話がある。会わせてくれぬか」

「は、はい、でもどんなご用件なのか……」

戸惑うお扇に、貴三郎は真顔を据《す》え、

「一大事なのだ、菊之丞のな」

そう言われ、お扇は只《ただ》ならぬものを感じ取ったらしく、

「お待ち下さいまし」

貴三郎をそこへ待たせて奥へ行き、ややあって戻って来ると、お扇は「どうぞ」と言って招《まね》き入れた。

長廊下を奥へ進み、広い座敷へ通される。

嵐菊之丞は床の間を背にして座っていた。

やはりお扇同様に当惑《とうわく》の表情を浮かべていたが、居住まいを正《ただ》して貴三郎を迎えた。慌てて体裁《ていさい》を取《と》り繕《つくろ》ったらしく、白絹《しらぎぬ》の夜着《よぎ》の上に毛羽織を着ている。春とはいえ、夜はまだ寒いのだ。

役者が化粧を落とすと只の男だが、さすがに菊之丞の目鼻立ちは立派なもので、大きな顔と相《あい》まって、さぞ舞台映《ば》えするだろうと思わせた。女形だけに、どこか妖《あや》しげな風情も身についている。

「南町の帰山貴三郎という者だ」

「嵐菊之丞にござりまする」

菊之丞が平伏《へいふく》して言った。

まるで舞台の口上《こうじょう》を聞くような思いで、貴三郎はそれを耳にする。

二人の名乗り合いを見届けるようにして、お扇は黙って座敷を出て行った。

「してお役人様、御用の向きは？」

菊之丞が恐る恐るの体《てい》で問うた。

「昨夜のことだ」

「はい」

「長谷川町の六条長屋に住む、燗酒売りのお島の娘千代が何者かに拐された」

貴三郎が何を言いだすのかと、菊之丞はぽかんと口を開けて聞いている。

「拐しの犯科人は娘の身代金として千両を求めている」

菊之丞は面食《めんく》らい、まごついて、

「あ、あの、お待ち下さいまし。それとあたくしとどんな関わりが……」

「犯科人は千両をおまえに出せと言っているのだ」

「ええっ」

驚愕《きょうがく》した菊之丞が唖然《あぜん》となり、次には躰《からだ》を揺《ゆ》すって哄笑《こうしょう》した。

「どこの誰がそんな悪さを。帰山様はそれを真《ま》に受けたのでございますか。悪いいたずらに決まっておりますよ」

「おれはそうは思っておらん。おまえが千両を出さねば七歳の子は殺されるやも知れぬ」

「よ、よして下さいましな。それはとてつもない言い掛かりと申すもの、このあたくしが見ず知らずの親子に千両を出す義理がどこにありますか」

貴三郎はぐいっと菊之丞を見据《みす》え、

「お島、千代母子の名に聞き覚えはないか」

「お島……千代……」

菊之丞は二人の名を出して反芻《はんすう》するが、かぶりをふって、

「まったくございません」

「人の怨《うら》みを買った覚えは」

「それもございません」

菊之丞はきっぱり否定する。

貴三郎が押し黙った。

その沈黙が不安を募《つの》らせ、菊之丞は落ち着きがなくなってきて、

「帰山様、もしあたくしが千両を出さないとどういうことになりますので」

「大店《おおだな》の主なら一文も出せぬの一点張りでもよかろうが、おまえは天下に名の知れた千両役者だ。これがもし世間に漏れたなら、嵐菊之丞の人気は一挙に地に堕《お》ちよう。明日から路頭《ろとう》に迷うは必定《ひつじょう》」

「そんな馬鹿なことが罷《まか》り通るものですか」

菊之丞が声を荒らげた。

「ではつっぱり通してみるか」

「帰山様……」

菊之丞はみるみる自信を失い、沈み込む。

「降って湧《わ》いたような話ゆえおまえもすぐに判断はできまい。ひと晩よく考えるのだな」

貴三郎が席を立つと、菊之丞は追い縋るようにして、

「そ、その千両はいつまでと申しているのですか」

貴三郎はふり向くと、

「これが実に面妖でな、期限はつけておらんのだ。と言って、拉致された子がいつまで持ちこたえられるか、何事にも限度というものがあろう」

「………」

貴三郎が出て行った。

思いもよらぬ災厄《さいやく》に、菊之丞がおろおろとして考え込んでいると、唐紙《からかみ》が乱暴に開き、お扇が血相《けっそう》変えて入って来た。烈《はげ》しい気性《きしょう》の女のようだ。

「おまえさん、聞いてましたよ」

「そ、そうか。お扇、これはどうしたものかね」

菊之丞が不安をみなぎらせて言った。

「知らん顔しているんですね。おまえさんが言う通り、見ず知らずの貧乏人にどうして千両も用立ててやらなくちゃならないんです。こっちがいくら人気稼業だからって、そんな理不尽《りふじん》な話があるものですか」

「いや、お扇、これはそうも言っていられまい」

「おまえさん」

「千両出さないで、もし子供が殺されでもしたらどうなると思う。あたしが手に掛けたように言われるよ。ああ、きっとそうに決まってる。金を惜《お》しんだ人でなしと言われた揚句《あげく》に、石だって投げつけられかねない。そうなったら嵐菊之丞はもうおしまいだよ。人気稼業のはかなさはこのあたしが一番よく知ってるんだ。ちょっとした躓《つまず》きで落ちぶれてった人を何人も見てきてるんだからね」

「それじゃおまえさんは千両を出してやるんですか。血を吐《は》くような思いで稼いだ千両なんですよ。それを赤の他人のためにぽんと投げ出すってんですか。わかってるんですか、おまえさん」

お扇が柳眉《りゅうび》を逆立《さかだ》て、詰め寄った。大金が絡《から》んでいるから、厳《きび》しい女の感情が剝《む》き出しになっている。

菊之丞はそのお扇から逃げるようにし、顔を背《そむ》けて、

「嫌《いや》だ、それだけは嫌だ」

「だったらどうするんですか」

「こ、これはどうしようも……どうしようもないじゃないか」

「しっかりして下さい、おまえさん」

答えのない底知《そこし》れぬ言い合いに、夫婦は果《は》てなき焦燥地獄《しょうそうじごく》に堕とされた。

六

そうして千代が拐されて三日目のことである。

捜索は範囲、規模が広げられ、長谷川町を中心に、新和泉町《しんいずみちょう》、新乗物町、住吉町《すみよしちょう》、高砂町《たかさごちょう》、富沢町《とみざわちょう》、田所町《たどころちょう》、弥兵衛町《やへえちょう》と、各町から町役や鳶の衆《しゅう》が大勢出て、武家地、町地の境《さかい》なく、皆で連日探しまくっていた。

だが千代が失踪したがゆえの探索《たんさく》はわかっているが、その身代金が嵐菊之丞に突きつけられている事実は伏《ふ》せられ、彼らは知らされないでいた。

江戸三座のある葺屋町と堺町《さかいちょう》は芝居見物の客が多く、誰もがそこは避《さ》けるようになっていた。

しかし依然《いぜん》として千代は見つからず、どこからも朗報《ろうほう》は得られない。犯科人の方も沈黙したままだ。そんな膠着《こうちゃく》状態で、捜索隊にも疲労の色が見えてきていた。

新吾、小りんもそのなかに混ざり、町から町を探し廻り、空家《あきや》があったら踏み込み、子供の声にも敏感《びんかん》になり、寝食《しんしょく》も忘れるほどだった。

この捜索から、特命で密偵を務める丑松《うしまつ》も加わっていた。

丑松は元鳶職だったが、仲間と喧嘩して相手を疵《きず》つけてしまい、一年間の寄場務めを余儀《よぎ》なくされた男だ。

貴三郎とは寄場で知り合ったのだが、丑松は放免《ほうめん》された後、鳶職には戻らずに地獄宿の亭主となった。地獄宿とは私娼窟《ししょうくつ》の別称だ。

その裏で、丑松は逃がし屋にも手を染《そ》めていた。逃がし屋は江戸で罪を犯した者たちから金を貰い、他国へ逃がしてやる裏稼業で、丑松は二足の草鞋《わらじ》を履《は》いていたのだ。しかし丑松の本音《ほんね》としては、如何《いか》に身過《みす》ぎ世過《よす》ぎとはいえ、私娼たちを束《たば》ねるのも、犯科人を逃がすのにも嫌気《いやけ》がさしていた。その心根《こころね》は極《きわ》めてまっとうなのである。

そんなところへ、逃がし屋絡みの探索で貴三郎が訪ねて来た。

寄場時代の貴三郎は罪囚の依怙贔屓《えこひいき》を一切《いっさい》せず、常に正しい者の側に立つ同心だった。

寄場内では罪囚同士の揉め事が多いから、それに救われたことも多々あった。つまり丑松は貴三郎には散々《さんざん》世話になっていたのだ。

それだけに丑松は型《かた》にはまらない一風《いっぷう》変わった役人と思っていて、貴三郎に対してひそかに好感を抱《いだ》いていた。

その貴三郎から逃がし屋捕縛の助っ人を頼まれ、丑松は一も二もなく手を貸した。丑松の尽力《じんりょく》があって事件は解決したが、それがきっかけとなって丑松は裏稼業からすべて足を洗い、密偵として特命の隠密仕事に専念《せんねん》することになった。新吾とも親交を結ぶ仲になれたのだ。

その日も当てもなく探し歩いた末、小りんは栄橋《さかえばし》の河岸に置かれた縁台《えんだい》に掛けてひと休みしていた。新吾はほかへ探しに行き、今日は丑松と組んでいた。

「小りんさん、菊之丞の方はその後どうなんだい。帰山様に何か知らせはあったのかな」

丑松が遠慮がちに小りんに言った。

その遠慮にはわけがあって、鳶仲間と喧嘩した折、丑松は小りんの父親に追われ、逃げるうちに小りんが組みついて来たので、両国橋《りょうごくばし》の上から投げ落とした経緯があった。

小りんは泳げなかったから、その時は死の恐怖を味わい、どうにかこうにか助かったものの、暫くは丑松のことを恨《うら》んでいた。

それがめぐりめぐって、特命で共に仕事をすることになったのだ。歳月を経《へ》て恨みは水に流したとはいえ、二人の間に当初《とうしょ》多少のぎくしゃくは残っていた。

今や小りんがその件を口にすることはなかったが、丑松の方にはいつも気後れがあった。

丑松は三十前の独り身で、色浅黒く苦《にが》み走った面構《つらがま》えをしており、無頼風に月代《さかやき》を伸ばしている。

丑松の問いに、小りんが答える。

「いいえ、知らせは何も……菊之丞はこのまま頬被りするつもりかも知れませんよ。誰だって千両もの大金を人にくれてやる気にはなりませんからね」

丑松は苛立《いらだ》たしそうに表情を歪《ゆが》め、

「犯科人が次にどんな手を打ってくるか、そいつがわからねえ。もし菊之丞が千両を出さねえとなると、本当に千代って子の命は風前《ふうぜん》の灯《ともしび》になっちまうぜ」

「今のところ菊之丞に身代金が突きつけられた件は漏《も》れてないけど、もしもの時は面倒なことに。困ったわ」

「千代をどっかに隠してるとして、犯科人は満足に飲み食いをさせてんのかな。おれぁそこが一番心配なんだ」

「うん、でも……いいのよ、生きてさえいれば。痩《や》せ細ってでもなんでも、無事に助け出せたら文句は言わないわ」

丑松は縁台から立って小石を拾《ひろ》い、入り堀へ向かって投げつけて、

「今度の犯科人はまったく見当がつかねえ。手掛かりが何もねえんだ。捕亡方の小者に近づいたといっても、それもどこの誰やら。どうして受け渡しを伝えてこねえんだ。どうして黙ったまんまなんだ」

「あたし、考えたのよ、丑松さん」

丑松が小りんを見た。

「なんだかこれは身代金目当てじゃないような気がするの。狙いはほかにあるみたいな」

「身代金が目当てでねえとするんなら、ほかに何があるってんだ。大金を手にできる楽しみがなかったら意味がねえだろう。だったらどうして拐しなんかしたんだ」

「だからそこのところが謎なのよ。あたしの考えも堂々巡りなの」

「うむ……」

丑松がまた縁台に座ると、小りんは尻を動かしてつっと間を詰めてきた。

丑松はどぎまぎとして少し離れる。

「丑松さん」

親しみを籠めた目で丑松を見た。

「なんですか、お嬢さん」

丑松はなんでもないように虚勢《きょせい》を張ってみせる。

「そのお嬢さんての、やめて下さい」

「へ、へえ」

「あのね、丑松さん、もういいわよ」

「えっ？　なんのこって」

「昔のことで居心地悪いんでしょ。だからいつもあたしに気遣《きづか》って、もじもじしてるのよね」

図星を指され、丑松は狼狽《ろうばい》する。

「そ、そんなこたねえよ。考え過ぎだぜ。もしそうだとしても、そいつぁ小りんさんのお父っつぁんへの気遣いかも知れねえ」

「違うわ、あたしへの気遣いよ。両国橋から突き落とした時のことを詫《わ》びる気持ちでしょ、違うかしら」

小りんが丑松の顔を覗き込んだ。

丑松は慌ててあさっての方を見て、

「やり難《にく》いぜ、おめえさんと面《つら》突き合わせていると。まっ、昔のことはともかく、今は二人とも特命のために懸命に働いている。それでいいじゃねえか」

「いいのよ、それで。だから余計な気遣いはもうよしにして。あたし、とうの昔になんとも思ってないから。ねっ？」

「う、うん、有難うよ」

小りんはたちまち破顔《はがん》して、

「わっ、今の丑松さん、いいわ。お兄さんみたいで」

「よしてくれよ、お兄さんなんて」

何かが洗われたような気分になり、丑松の心は明るくなった。

その時、元矢之倉《もとやのくら》の方から騒ぎが起こり、小りんと丑松ははっとなって見交わし、そっちへ走った。

家並の外れに古井戸があり、鳶の衆がその周りを取り囲むようにしてざわついていた。

「どうかしましたか」

小りんが鳶の衆へ問うた。

むろん彼らは小りんがお上《かみ》の手先であることを知っていた。

「井戸んなかになんかが落っこちてるのさ。暗くてわからねえんだが、子供みてえにも見えてよ」

鳶の一人が答えた。

「なんですって」

小りんが彼らを掻《か》き分けて井戸を覗き込んだ。すかさず丑松もつづく。

水の涸《か》れた底に確かに子供くらいの物体が見えるが、光が差さないからそれが何かはわからない。しかし撫子《なでしこ》模様《もよう》の着物が見えた。

「あ、あれはもしかして」

小りんが思わず井戸から身を乗り出すと、鳶の衆が「危ねえ、よしなせえ」と言ってそれを止め、一人が縄梯子《なわばしご》を使って下《お》りて行くことになった。

全員が井戸に群がり、鈴生《すずな》りになって目を凝《こ》らす。

やがて井戸の底から、あっけらかんとした鳶の衆の声が聞こえてきた。

「よかったよかった、正体はこいつだぜ」

鳶の衆が翳《かざ》しているものを見ると、それはやや大きめの古びた人形だった。撫子模様の着物を着せられている。誰かが井戸の底へ投げ捨てたものに違いない。

一同の間に安堵《あんど》のざわめきが広まった。誰しもが考えることはおなじで、てっきり千代の死骸《しがい》だと思ったのだ。

小りんもほっとして、だが不意《ふい》に気配《けはい》を感じてふり返ると、そこにお島が立っていた。

お島は真《ま》っ青《さお》な顔をして、何やらおぞましい目で古井戸を見つめている。

「お島さん」

小りんがお島に駆け寄って慰《なぐさ》める。

「なんでもなかったんですよ、嫌ですね、みんなぴりぴりしちゃって」

笑いかけようとする小りんの表情がひきつった。

お島はひと言も発《はっ》せず、小りんへ怖ろしいような目を向けると、やがて背を向け、足早《あしばや》に歩き去った。

「お島さん……」

小りんはそれ以上声を掛けることが、なぜか憚《はばか》られた。

丑松が小りんのそばへ寄って、

「あれが子供の母親かあ」

と言いながら、

「母親に菊之丞が突きつけられた身代金の話はしてあるのかい」

「ええ、ゆんべ帰山様が話しましたけど」

「そうしたらなんて言った、母親は」

「さあ、それについてははっきりとは……とても恐縮《きょうしゅく》していたようなことは、帰山様が言ってましたけど」

「恐縮どころじゃ済まねえだろう。子供の命を助けてえ一心があるんなら、菊之丞の所へ行って土下座《どげざ》でもなんでもするもんじゃねえのかい」

丑松の言うことは正論《せいろん》だった。

「あ、それはそうですね。子供の親ならそうしなくちゃいけないわ。するべきですよね。でもお島さんは……」

そこで小りんは言葉を呑《の》み込んだ。

（違うのよ、そうじゃないのよ、今はそのことよりも）

今はそのことよりも、最前《さいぜん》のお島の様子が気になってならなかった。お島は異様《いよう》に怖ろしい目で古井戸を見つめていた。皆とおなじように、千代が古井戸に落ちていたと思ったのも無理はないが、あれはそれ以前に古井戸そのものに対して何か特別の思い入れでもあるように、小りんの目には映《うつ》ったのだ。

（でも古井戸にいったい何があるっていうのよ）

解《げ》せなかった。

その違和感は、そのままお島への疑念《ぎねん》に変わった。

しかしお島は子供をさらわれた母親で、あくまで被害者なのだ。むやみやたらと疑念など口にできないから、小りんはそのことは胸の奥にしまうことにした。

貴三郎にも新吾にも言えないと思った。

七

お島は六条長屋の家に引き籠もり、誰とも接触《せっしょく》せずに凝然《ぎょうぜん》と考えに耽っていた。血の気のないその顔はまるで病人のようだ。

すでに日は西に傾いている。

ごくふつうの棟割《むねわり》長屋で、お島の家は四帖半二間だ。一帖半の入口土間には流し、竈《へっつい》があり、行燈《あんどん》、米櫃《こめびつ》、夜具が畳《たた》まれ、境の壁があって、隣室には神棚《かみだな》、火鉢、飯《めし》櫃《びつ》、膳《ぜん》、葛籠《つづら》などが置かれ、壁には衣類が掛かっている。

時折長屋の路地で慌ただしい人の動きが聞こえるが、それが千代の捜索隊とわかっていても、お島は顔を出さずにいた。

捜索隊の方も、お島が疲れきっているのを知っているからあえて声は掛けず、触れぬようにしているようだ。

（古井戸……）

お島の脳裡《のうり》に瘧《おこり》のように深くこびりついているものがあり、それが彼女の心の闇に揺さぶりをかけていた。

おぞましくも、つらく悲しい記憶だ。

あの古井戸を見たとたん、胸の内が張り裂けそうな強い衝動に駆られた。

(古井戸……古井戸……)

呪文《じゅもん》のように、その言葉が内面で繰り返された。

「ご免下さいまし」

女の声がした。

お島がわれに返ったようになり、土間に下りて油障子を開けると、そこにお扇が立っていた。地味に作ってはいるが、高価な紬《つむぎ》の小袖に身を包んでいる。

「お島さんですね」

「はい」

「あたくし、嵐菊之丞の家内《かない》でございます」

「あっ……」

言ったきり二の句が継げなくなり、お島は慌てたように頭を下げた。

「ちょっとよろしいかしら」

「はい、どうぞ」

お島がお扇を導き入れた。

お扇とて富裕《ふゆう》な出ではないはずだが、お島の貧乏所帯《じょたい》を見て嫌な顔になっている。家のなかが汚《けが》らわしく思え、座るのも憚られるようにしながらお島と対座した。

そうしてお扇は持参《じさん》の菓子折をつっと差し出すと、

「ほかでもございません、身代金千両の件なんですけど」

高飛車《たかびしゃ》な口調で言いだした。

お島が「はい」と蚊の鳴くような声で答える。

「おまえさん、どういう風《ふう》に考えてますか」

「どういう風とは？」

「千両はうちの人に出させるおつもりなんでしょうか」

お島は表情を硬《かた》くし、うつむいて、

「もしそうして頂けるんなら……犯科人がそう言ってるんですから、したがうしかないのでは」

「そんなことできませんね」

お扇は強くつっぱねると、

「冗談じゃござんせん。こんな迷惑な話はないじゃありませんか。うちの人にそんな義理はないんですよ」

お島が恐縮し、身を縮《ちぢ》めるようにして、

「よくわかっております。あたしもどうして犯科人が菊之丞さんの所へ話を持って行ったのかわかりかねてるんです。でも子供の命がかかってるんですから、そこのところをなんとか」

「できないって言ってるじゃありませんか」

「後生ですから、千両出して貰えませんか」

膝《ひざ》でにじり寄り、お島は懇願する。

それをお扇は言下にはねつけ、

「あたくしが今日ここへ来たのは、千両は出せないということをお伝えしたかったんですよ。それにおまえさん、少しばかりおかしいですね」

「おかしいとは？」

「こういう話になったのなら、おまえさんの方がうちへ訪ねて来て、千両出して下さいと頭を下げるべきじゃないんですか。もっともそれをしたところで、あたしどものの答えはおなじですけどね」

「子供を探すのに精一杯《せいいっぱい》で、考えが及びませんでした。おっしゃる通りだと思います」

「ともかくうちとしましてはびた一文出せません。それでお子さんがどうにかされるのなら、仕方ありませんね」

お扇は冷たく拒絶《きょぜつ》する。

お島が言葉を選ぶようにしながら、

「このことはまだ世間には知られておりません」

「ええ、知ってますよ。お役人方が押さえてくれてるんです」

「もしこれが漏れたらどうなりますか」

お扇の目にお島が図太《ずぶと》い女にでも映ったのか、俄《にわか》に居丈高《いたけだか》になって、

「ど、どうなるとはどういうことですか。おまえさん、何を言いたいんです」

「菊之丞さんが身代金を出し渋ったとして世間の非難《ひなん》を浴《あ》びましょう。それでもよろしいので」

「脅してるんですか」

「いいえ、そうではありません。菊之丞さんのおためを思って……」

「そのこともうちの人と話し合いました。そんなことに負けないくらいに今の菊之丞には勢いがあります。はねっ返してやります。乗り越えるつもりでおりますんで」

お島は黙して一点を見ている。

「わかって下さいましな、お島さん。うちの人は今が一番大事な時で、ここへ来るまでに血の滲《にじ》むような思いでやっと辿《たど》り着いたんですよ。そんな苦労はおまえさんにゃわからないと思いますけど」

「当代一の人気が大事なのはあたしにもよくわかります。それに比べたら、うちの子供の命なんて……」

お扇がきっとなり、刺すような目をお島にくれて、

「おや、随分と棘《とげ》のある言い方をなさるじゃござんせんか。それじゃまるでうちが人でなしみたいに聞こえますよ」

お島は恐懼《きょうく》して頭を下げ、

「いえ、決してそんなつもりで言ったんじゃありません。子供のことで頭が一杯で、

ろくな思案《しあん》ができなくなってるんです。ご不快でしたらどうかお赦《ゆる》しを」

お扇は苛《いら》ついてきて、

「こんな所でうだうだ言ってても埒《らち》が明きませんね。お島さん、そういうことですんでご承知おき下さいまし。お邪魔しました」

お扇が土間に下りて油障子を開けると、そこに鳶の衆や長屋の住人が居並んでいて、話の一部始終《いちぶしじゅう》を聞いていた。一同は怒りの目でお扇を睨《にら》んでいる。

お扇はそれに圧倒《あっとう》され、束《つか》の間怯《まひる》みもするが、強引《ごういん》に人々を押しのけて立ち去った。

「お島さん」

誰かが言い、全員がお島に同情の視線を注《そそ》いだ。

お島は紙のような白い顔で、そっと頭を下げただけである。

八

貴三郎が一枚の瓦版《かわらばん》を握りしめ、足早《あしばや》に突き進んでいた。

その日は千代が拐されて四日目である。

貴三郎が両国広小路を歩いていると、瓦版売りに人々が群《むら》がっていて、「拐し、拐し」と言う声が聞こえたのだ。

嫌な予感がして一枚購《あがな》い、貴三郎は読んで愕然《がくぜん》となった。

それには長谷川町六条長屋の女燗酒売りの娘が拐され、その身代金が人気役者の嵐菊之丞に突きつけられたことが書いてあった。

どこから秘密が漏れたのか、もう取り返しはつかないが、こうして世間の知るところとなると一大事だ。

こういう事件は人々の興味を集めるから、瓦版は飛ぶように売れていた。版元はかならず続報を打つはずなので、それを止めねばならない。

瓦版売りに尋《たず》ねると、浅草瓦町の文華堂《ぶんかどう》という版元が知れた。

文華堂は版元としては大きい方で、瓦版だけではなく、黄表紙《きびょうし》と呼ばれる草双紙《くさぞうし》や絵草子《えぞうし》、洒落本《しゃれぼん》、滑稽本《こっけいぼん》、読本《よみほん》、浮世絵《うきよえ》、道中双六《どうちゅうすごろく》など、様々《さまざま》な類《たぐい》の本を手広く扱《あつか》っている地本問屋《じほんどんや》だ。そういう仕事内容が店の看板に事細《ことこま》かに書いてある。

貴三郎が店土間に入ると、なかは戦場のような喧騒《けんそう》に包まれていた。筆耕《ひっこう》職人や版《はん》木師《ぎし》らが小机に向かって忙《せわ》しく働いている。さらに番頭《ばんとう》や手代《てだい》たちもその間を縫《ぬ》って動き廻っている。

主である初老の文兵衛《ぶんべえ》が、捩《ねじ》り鉢巻《はちまき》で板の間を歩き廻りながら、

「久しぶりだぞ、こんな大ねたは。次のねたが揃《そろ》ったら刷増《すりま》しするからな、そのつもりでいてくれ。今夜はけえれねえぞ」

文兵衛に貴三郎が寄り、目顔で呼んだ。

「なんでござんすね、旦那は」

貴三郎のことを単なる貧乏御家人とでも思ったようだ。

「こういう者だ」

差し出された手札を見て、文兵衛は恐れ入って、

「うへえ、お上の旦那でござんしたか。こりゃ失礼を致しやした、いってえどんな御用で」

「これの刷増しをするのか」

貴三郎が手にした瓦版を見せた。

「へえ、左様《さよう》で」

「刷増しは差し止める。このねたはもう書くな」

文兵衛は色を変えて、

「待って下せえやし。そんなことおっしゃられた日にゃ、こちとらおまんまの食い上げんなっちまいやさ。なんとかこれでお目こぼしを」

二分銀《にぶぎん》を手早く紙に包み、貴三郎の袖の下に落とそうとし、目が合って文兵衛はたじろいだ。

貴三郎が怕《こわ》い目で睨んでいる。

文兵衛はやむなく金包みを引っ込め、

「わかりやしたよ、もう書きやせんよ」

不貞腐《ふてくさ》れて言った。

「このねたはどこから仕入れた」

「勘弁《かんべん》して下せえ、そいつぁ明かさねえことになってるんで」

「わかった、今からおれに同道《どうどう》しろ。奉行所でじっくり聞いてやる」

容赦《ようしゃ》のない声で貴三郎が言った。

「ちょっ、ちょっと待って下せえやし。あっしがしょっ引かれたら店はおしめえだ。この世の終わりんなっちまわあ」

「ではたね取りの名を明かせ」

瓦版のための情報収集役、つまりねたを提供する者を『たね取り』と呼んだ。今で言う記者だ。

九

文華堂出入りのたね取りは末吉《すえきち》といい、瓦町とは目と鼻の猿屋町《さるやちょう》、元禄《げんろく》長屋が住まいと知れた。

末吉は文華堂の抱《かか》えというのではなく、ひとつの情報を仕入れたらあちこちの瓦版屋と交渉《こうしょう》し、値《ね》の高い方へ売って生計を立てているらしい。

元禄長屋を探し当て、貴三郎は長屋の木戸門《きどもん》を入った。元禄という名とはほど遠いおんぼろ長屋だ。

住人に末吉の家を尋ね、「入るぞ」と声を掛け、油障子を開けた。

昼間から酒を飲んでいた若い男が、慌ててこっちを見た。

「末吉だな」

「へい、さいでござんす」

　末吉は視線を泳がせ、怪訝顔だ。

「文華堂にねたが高く売れたようだな。その祝い酒か」

「旦那はどちらさんで？」

　貴三郎が手札を見せると、末吉は恐縮して座り直した。

「拐しのねたをどこから仕入れた。それが知りたい」

「そ、そいつぁ……言っちゃならねえことになってやすんで」

「しょっ引かれたいのか」

「ええっ、滅相《めっそう》もねえ。そんなことでしょっ引かれたらたまったもんじゃござんせんよ」

「では有体《ありてい》に申せ」

「へ、へえ」

　貴三郎に睨まれ、末吉は身を縮めて、

「おとついの晩に花川戸《はなかわど》の縄暖簾《なわのれん》で酒を飲んで、そのけえり道に後ろから男に声を掛けられたんでさ」

「なんと言われた」

「とびきりのねたがあるから買わねえかと」

「買ったのか」

「買いやしたよ、三文で」

「三文だと？」

「それでいいと言われたんでさ」

「話の中身は」

「瓦版に書いた通りでさ。六条長屋の子供がさらわれて、嵐菊之丞に身代金千両を払わせることになっていると。半信半疑でそれを聞いて、次の日に長谷川町まで出掛けて行って裏を取ったら、すぐに本当のことだとわかりやした。てえへんな騒ぎですからねえ」

「どんな男であった」

「暗い所で頬被りをしてたんで、顔はよくわかりやせんでした。それに野郎はあっしの真後ろで喋《しゃべ》ってましたて、向き合っちゃいねえんですよ。まっ、あの感じからいって三十中頃じゃねえかと」

「そのねたを文華堂に持ち込んだのだな」

「さいで。結構なねた代を貰いやした。それでこうして祝い酒を」

「その男に次に会ったらわかるか」

「いえ、わかりやせんね。躰つきは中肉中背で、声にもこれといった特徴《とくちょう》のねえ野郎だったんで」

その謎の男こそ、奉行所捕亡方の又助に身代金のことを囁いた人物と同一かと思われた。

「よいか、末吉、拐しの件は忘れるのだ」

「えっ、あの、ですが……」

「しょっ引かれたくなかったら言う通りにするのだな」

末吉が首を引っ込めた。

貴三郎が油障子を開けると、外では春の嵐が吹きまくり、桜の花弁が舞い散っていた。

第二章　消えた千両

一

市村座《ざ》の楽屋は、深刻《しんこく》な雰囲気《ふんいき》に包まれていた。

嵐菊之丞《あらしきくのじょう》、お扇《せん》夫婦、金主越前屋茂兵衛《きんしゅえちぜんやもへえ》、そして帰山貴三郎《かえりやまきさぶろう》、小りんの五人が車座《くるまざ》になっていて、一同の前に文華堂《ぶんかどう》の瓦版《かわらばん》が数枚散らばっている。

その日は千代《ちよ》が拐《かどわか》されて五日目となり、舞台がはねて暮れ六つ（午後六時）を過ぎていた。

貴三郎と小りんが、拐しの件が瓦版に出てしまったことへの対策《たいさく》に、菊之丞の楽屋を訪れると越前屋が先に来ていて、そこで同席する仕儀《しぎ》に相《あい》なったものだ。

越前屋は五十過ぎの恰幅《かっぷく》のいい男で、小網町《こあみちょう》で米問屋を営《いとな》む豪商なだけに、貴三郎に引き合わされてもへつらうことなく、態度は尊大《そんだい》だった。

歌舞伎《かぶき》役者の周辺にはよくこういう手合いがいるもので、初めは贔屓《ひいき》役者にのめり込んで金主を務めるうち、いつしか持ち上げられて座元《ざもと》以上に君臨《くんりん》するようになる。人にもよろうが、金を出せば口も出すのだ。

そこに金主の支配欲を満たすものがあり、また役者の方も越前屋のような存在を必要としていて、つまり双方は持ちつ持たれつの関係ということになる。

楽屋の外では、舞台が終わった後の役者や裏方たちのざわめきや談笑《だんしょう》が聞こえている。

越前屋が険《けわ》しい表情になり、憤懣《ふんまん》やる方ない風情《ふぜい》で菊之丞を責め立て始めた。

「太夫《たゆう》、これだけの大事をどうして今まで黙っていたんだ。水臭《みずくさ》いにもほどがあるじゃないか。ここまで嵐菊之丞を立派な立女形《たておやま》に育てたのは、いったいどこの誰だと思ってるんだね」

堂々《どうどう》と恩に着せた。どうやら越前屋は口うるさい部類の金主のようだ。

しかし初代菊之丞の忘《わす》れ形見《がたみ》とはいえ、王子村《おうじむら》の百姓の倅《せがれ》として育った半六《はんろく》を見出《みいだ》し、精進《しょうじん》させ、ここまでのし上げた功労者《こうろうしゃ》はこの男をおいてほかにないのである。

菊之丞はしどろもどろで、恐縮《きょうしゅく》の体《てい》になって平謝《ひらあやま》りする。

「そ、それはもう、申すまでもないことで。ほかならない越前屋の大旦那様のお蔭にございます」

「だったら、なぜなんだ。そのあたしに拐《かどわか》しのことをひと言も言わないで、それで済むと思っていたのかえ」

「いえ、あの、それを言われると返す言葉もございません。ひとえに事を大きくしたくなかったんでございますよ。本当に申し訳ございません」

菊之丞に代わり、お扇が懸命《けんめい》に庇《かば》って、

「大旦那様、悪いのはみんなこのあたしなんです。大旦那様に言わなくちゃいけないとこの人が言うのを、あたしが止めてました。それと言うのもさらわれたのがよそ様の子で、うちとは関《かか》わりがないと思ってまして、身代金を出すのをどうしてもためらっていたんでござんすよ」

越前屋は瓦版の一枚を取って翳《かざ》し、

「どっちが悪いにしろ、こうなっちまったらもういけないよ。世間の目は一人残らず太夫に向けられている。太夫が身代金を出すか出さないかで、市村座の命運《めいうん》も決まろうってものさね」

　菊之丞は烈《はげ》しくうろたえる。

「いえ、そんな……あたくしはどうしたらよろしいので」

「犯科人《はんかにん》が言うように身代金を出すしかないんじゃないのかえ。この何年かで幾《いく》ら稼いだんだい。千両ぐらい、今のおまえさんなら軽いものだろう」

「は、はあ、そう申されましても……」

　菊之丞が困惑《こんわく》し、お扇と見交《みか》わし合った。

　この頃の大立者千両役者《おおだてものせんりょうやくしゃ》の年給金《ねんきゅうきん》は、市川団十郎《いちかわだんじゅうろう》、中村歌右衛門《なかむらうたえもん》千五百両、坂東三津五郎《ばんどうみつごろう》千三百両、瀬川路考《せがわろこう》千二百両で、菊之丞と岩井半四郎《いわいはんしろう》がその後を次《つ》いで千両、さらに尾上菊五郎《おのえきくごろう》、市川小団次《いちかわこだんじ》、片岡仁左衛門《かたおかにざえもん》、市川団蔵《だんぞう》らが続く。

　それら役者群が千両を貰《もら》うのは一年こっきりということはあり得《え》ず、人気のあるのは何年かつづくから、かなりの金高《かねだか》を稼《かせ》ぐことになる。

　歌舞伎文化は庶民《しょみん》を熱狂させ、金の面ひとつとっても華やかなのである。

「帰山様はどう思われますか」

それまで貴三郎と小りんを無視していたような越前屋が、ようやく話の水を向けた。

「おれの考えか」

「はい」

「金と人の命を秤《はかり》にかけるなど愚《おろ》かにもほどがあろう。千金万金で子供が救えるなら、それに越したことはあるまい」

貴三郎は至極当然《しごくとうぜん》のことを言う。

その言葉がずしんと響いて、越前屋は彼を只《ただ》の木っ端《こっぱ》役人と思っていたから、見直したようになり、

「左様でございますとも。太夫、その通りだよ、今の帰山様のご意見が正しいね。ここは腹を括《くく》って千両出しなさい。それはおまえさんのためにもなることなんだ」

菊之丞はまだふんぎりがつかず、愚図《ぐず》ついている。

するとお扇が貴三郎へ膝頭《ひざがしら》を向け、

「帰山様、では千両を用意致すことにしますけど、おめおめとそれを取られるようなことはございませんね。きっと守って下さいますよね」

切羽詰《せっぱつ》まった声で言った。

「できる限りのことはするつもりだが、こういうことは出たとこ勝負なのだ。なりゆきでどうなるか、今ここで安請合《やすうけあ》いはできぬぞ」

「は、はあ……」

不安になるお扇を、小りんは元気づけるように、

「お内儀《ないぎ》様、あまり悪い方にばかりお考えにならないで下さいまし。あたしたちも万全《ばんぜん》の備《そな》えでやるつもりでいますから」

「へえ、どうかよしなに」

上《うわ》の空でお扇が答えるところへ、楽屋暖簾《のれん》を分けて口番《くちばん》（番人）の父っつぁんが顔を覗かせた。

「お内儀さん、裏手に客人ですぜ」

「あたしにかい」

お扇が怪訝《けげん》に言い、

「そりゃ誰なのさ」

「女のお人でして、どうしてもお内儀さんに話してえことがあると」

女の客と聞いて、貴三郎と小りんの関心は薄らいだ。

そこに二人の油断があった。

市村座の裏手は芝居茶屋がひしめき、芝居見物を終えた客たちが賑《にぎ》やかに飲食を楽しんでいた。

茶屋は大茶屋、前茶屋、小茶屋、水茶屋と等級別に分かれていて、木挽町《こびきちょう》には大茶屋七軒、小茶屋が十七軒あった。さらに葺屋町には大茶屋十軒、水茶屋十七軒、堺町は大茶屋十九軒、小茶屋十五軒、水茶屋二十八軒と繁昌《はんじょう》をみせていた。

茶屋の座敷へ入ると、まずは煙草盆《たばこぼん》、茶、役者番附が出て、後は好みに応じて酒、鮨《すし》、煮物などが頼める。昼は幕の内と呼ばれる弁当が出るが、今のそれとは異なり、円扁平《えんへんぺい》の焼きお握り、玉子焼き、蒲鉾《かまぼこ》、蒟蒻《こんにゃく》、焼き豆腐、山芋《やまいも》、干瓢《かんぴょう》などを六寸重箱に賑やかに詰めたものが供《きょう》される。酒に規制はなく、飲み放題だ。

お扇が人を探す目で来て、茶屋と茶屋の間の路地を縫って歩いていると、不意に後ろから女の声が掛かった。

「お内儀さん、そのまんまでいておくれな。こっちを見ちゃいけないよ」

それはたね取りの末吉《すえきち》が、花川戸の縄暖簾を出たところで中年の男に声を掛けられたのとおなじ状況なのだが、お扇はそんなことは知る由《よし》もなく、身を硬くして佇立《ちょりつ》した。

周囲ではどの役者がいいの悪いのと、酒の入った客たちが勝手に品評《ひんぴょう》する声が聞こえ、ざわついている。

すぐ後ろで女が囁《ささや》く。

「千両は用意できたのかい」

お扇は緊張のあまりに声が出ず、ただ黙ってうなずく。

「それじゃ金を丈夫な布袋に入れて、深川《ふかがわ》の正源寺《しょうげんじ》って寺へ明日の暮れ六つに持って来るんだ。寺は永代《えいたい》を渡ってすぐさ。あんた一人で来なきゃ駄目だからね。子供はその時返すよ」

「深川の、正源寺ですね」

お扇が念押しする。

「ああ、そうさ。いいかえ、金を持って来ないとどういうことになるか。それに役人も呼んじゃいけないよ。言われた通りにしないと子供の命はなくなる。そうすりゃ子供を殺したのは菊之丞のせいにされるんだ。そこんところ、よっく考えるんだね」

お扇は青くなって唇を震《ふる》わせ、

「お金はかならず持って参《まい》ります。だから非道《ひどう》はしないで下さいまし」

女は何も言わない。

「あの、もし、子供は無事なんでしょうね。いくらよそ様の子でも、疵《きず》つけられるのは気の毒じゃありませんか」

気配がなくなり、お扇がはっとなってふり返ると、もうそこに女の姿はなかった。

声のその女はお綱《つな》という。

二

新乗物町の邸宅へ帰っても、お扇は塞《ふさ》ぎ込んで自室に籠《こ》もり、菊之丞と顔を合わそうとはしなかった。飯も喉《のど》を通らぬ様子で、亭主の世話は女中たちに任《まか》せ、内湯《うちゆ》にも入らずにいる。

さすがに菊之丞が気になって自室へ入って行くと、お扇は夜具にくるまって寝込んでいた。

行燈《あんどん》の仄明《ほのあか》りがお扇の暗い顔を照らしている。寝ているわけではなく、天井の闇を人が変わったようにして凝視《ぎょうし》している。

「お扇、どうしたんだね」

菊之丞が枕頭《ちんとう》に寄って尋ねても、お扇は何も言わず、夜具を被《かぶ》って顔を隠した。

「何かあったのかい？」

お扇は沈黙している。

「いや、拐しや身代金のことのほかに何かあったのかと聞いてるんだよ」

「……………」

「小屋に訪ねて来た女ってな誰なのさ、あたしの贔屓客かえ」

「……………」

「あの後おまえは楽屋に戻って来たけど、青い顔をして誰とも口を利《き》かなくなっちまったね。越前屋さんが帰った後もおまえの様子があんまり変なんで、小りんさんて人が根掘《ねほ》り葉掘《はほ》り聞いてたじゃないか。それにもおまえは黙んまりだから、帰山様も呆れたように小りんさんと帰っちまった」

「……………」

「けど帰りしな、帰山様は口番の父っつぁんにおまえの女客のことを詳しく聞いていたんだよ」

それを聞くや、ぱっと夜具をはね上げ、お扇が顔を出して菊之丞を見た。

その目の強さに菊之丞がたじろぐ。

「気づいたんですね、帰山様は」

「気づいたってなんのことだい。ああ、確かに変だと思ったんだろうね」

お扇はやおら夜具から抜け出し、何も言わぬまま、急ぎ足で自室を出て行った。

菊之丞が急いでその後を追った。

お扇は途中、小部屋へ寄って壁に掛《か》けた土蔵の鍵を取り、母屋《おもや》を出て庭石伝いに土蔵へ行くと、扉を開けてなかへ入って行った。

少し遅れて菊之丞もそれにつづく。

お扇は長持《ながもち》の蓋《ふた》を開け、なかから大きめの段袋《だんぶくろ》を取り出した。

段袋は上方《かみがた》の婦女子が野外に遊ぶ時に用《もち》いるもので、絹や縮緬《ちりめん》を縫《ぬ》い合わせた方を表にし、裏には麻布《あさぬの》をつけ、口周りには別布をつけてこれに組紐《くみひも》を通したもので、なんでも入るから用途《ようと》は多様《たよう》である。

お扇は段袋を持ってさらに奥へ行き、金箱の前に座った。

千両箱が三つ、積み重ねてある。

金箱の蓋を開け、お扇は小判をわしづかみにして段袋へ入れ始めた。

夜の静寂《しじま》に異様《いよう》に大きく小判の音が響《ひび》く。

菊之丞が慌《あわ》ててそれを止め、

「何をするんだ、お扇、いくら女房だからって、あたしの財産を勝手に持ち出すんじゃないよ」

お扇はぎろりと菊之丞を見ると、

「訪ねて来た女客というのは拐しの一味だったんですよ、おまえさん」

「ええっ」

「それが明晩《みょうばん》、深川の正源寺って寺へ千両を持って来いと言ったんです」

「なんだって」

「顔は見せなかったけど、どうせそこいらの莫連女《ばくれんおんな》かと思いました。ええ、きっとそうですよ」

「そんな、おまえ」

お扇は小判を段袋に入れる手を止《と》めず、

「あたしはこれまで、なんとか千両払うのを避《さ》けられないものかとそればかり考えてました。でも向こうに人質がいる上はどうにもなりゃしません。金を払わなかったり役人に知らせたりすると、賊は子供を殺すって言ってるんです。そうなったらおまえさん、目も当てらんないじゃありませんか。だから払うんですよ、明晩千両持ってくことに決めたんです」

菊之丞はお扇の気魄《きはく》に呑《の》まれ、おろおろするばかりで言葉が見つからないでいる。優柔不断《ゆうじゅうふだん》な男なのだ。

「いいんですよ、考え直しさえすれば。おまえさんが千両出して子供の命を救う。きっと世間が褒《ほ》めそやしてくれて、嵐菊之丞は男を上げるんです」

「お、お扇……」

金箱の小判を段袋に入れ替える作業が終わった。段袋は蛙《かえる》の腹のように脹《ふく》らんでいる。

お扇はそこで束《つか》の間安堵《まあんど》の溜息《ためいき》をつき、初めて肩の力を抜くようにして、

「あたしは好いた惚《ほ》れたでおまえさんと一緒になりました」

「……………」

「おまえさんには黙《だま》っていましたけど、一度だけ拐された子供の母親に会いに行ったんです。その時は心を鬼にして、千両は払えないときっぱり言いました。母親は貧乏な長屋暮らしでしたよ。それを見てあたしは昔を思い出したんです。あたしだってあの母親と負けず劣らずの貧乏暮らしをしてたんです。それがおぞましくって、逃げるように帰って来ました。つくづくとあんな暮らしには戻りたくないと思いましたね」

菊之丞はうなだれて聞いている。

お扇の告白はつづく。

「あたしは当代一の人気役者の女房になれて幸せなんです」

「お扇……」

菊之丞はたまらなく愛《いと》おしい目になる。

だがお扇は厳しい横顔を見せて、

「貧乏暮らしも嫌ですけど、芸者に戻るのはもっと嫌なんです。今のおまえさんとの暮らしを壊《こわ》しちゃいけない。業突張《ごうつくば》りみたいにして千両を出し渋《しぶ》っていたら、幸せがこの手からこぼれちまうってことにようやく気づいたんです。だからこの千両は、あたしとおまえさんの幸せの担保《たんぽ》に差し出すんですよ」

かさっ。

枯葉《かれは》を踏《ふ》むような音がした。

菊之丞が立って扉口に寄り、広い庭を見廻した。

闇に蠢《うごめ》くものはない。

「おまえさん……」

お扇が菊之丞の横に立ち、不安そうな声で言った。

「気のせいだったようだ」

菊之丞は並んだお扇の手を取り、お扇もそっと握り返した。指と指が熱く絡《から》み合《あ》う。

二人の姿が再び土蔵のなかに消えると、植込みの陰から丑松《うしまつ》がぬっと現れた。邸宅に忍び込み、夫婦のやりとりの一部始終を聞いていたのだ。

「深川の正源寺だな」

小さくつぶやき、丑松は消えた。

三

永代橋を渡って深川へ入り、佐賀町《さがちょう》、相川町《あいかわちょう》を過ぎると深川山正源寺はあった。浄土宗《じょうどしゅう》で、増上寺《ぞうじょうじ》の末寺《まつじ》にあたる。寺の敷地は六百六十三坪だ。

ごーん。

暮れ六つの鐘が陰に籠もって鳴り始めた。

正源寺の前に町駕籠《まちかご》がやって来て停《と》まり、お扇が段袋を重そうに両手で抱《かか》え、緊張の面持ちで降り立った。

土塀《どべい》が崩《くず》れ、古びて苔《こけ》むした寺は、まるでそこが魔界の入口でもあるかのように漆黒《しっこく》の闇のなかに沈んでいた。

こんな薄気味悪《うすきみわる》い寺になんの用があるのかと、駕籠舁《か》きたちは心配そうにお扇のことを見ていたが、やがてその姿が山門《さんもん》のなかに吸い込まれて行くや、解《げ》せない思いを抱《だ》いたまま来た時とおなじに、「えっほ、えっほ」と掛け声を上げて立ち去った。

お扇は玉砂利《たまじゃり》を踏んで境内《けいだい》のなかほどまで来て、そこで目を凝《こ》らし、周囲を見廻した。

鬱蒼《うっそう》とした樹木が繁《しげ》り、どこかで仏法僧《ぶっぽうそう》が陰気臭《いんきくさ》く鳴いている。海の底のような静けさだが、人影はない。

「金をそこへ置きな」

やや離れた所からお綱の声がした。

お扇が声のした方を窺《うかが》い見ると、黒い影が二つ、木陰から現れた。お綱と為八《ためはち》だ。二人とも町人で、共によれよれの着物を着たその姿を見れば、尾羽打ち枯《おはうちか》らして行き場のない生活者であることがわかる。

二人の間に七、八歳の女の子がいて、お綱に手を引かれている。子供の顔は暗くてよくわからない。

お扇が言われた通りに、おずおずと段袋を置いた。

すかさず為八が駆け寄って来て、段袋にしゃがみ込み、袋の口を開けてなかの小判を確認する。

それを抱えて持ち上げ、お綱へにやっと合図した。

お綱が子供の手を離し、為八がそっちへ戻って行く。

「お出《い》で、あんたが千代ちゃんかい」

お扇が声を掛けて手を差し伸べると、少女は迷うようにしながら少し前へ出た。その顔が月明りにくっきり見えた。

「千代ではないぞ」

突如《とつじょ》、貴三郎の声が響いた。

少女は千代とは似ても似つかない別人だった。

為八とお綱がうろたえた。

四方の闇から、それまであちこちの木陰に潜んでいた貴三郎、新吾《しんご》、小りん、そして丑松が殺気《さっき》だって現れた。

四人が一斉《いっせい》に為八とお綱へ向かって殺到する。

「畜生《ちくしょう》、騙《だま》しやがって」

お綱が牙《きば》を剝《む》いて帯の間から出刃包丁《でばぼうちょう》を引き抜き、兇暴《きょうぼう》に暴れまくった。

その間に段袋を抱えた為八は身をひるがえした。

それを貴三郎と新吾が猛然《もうぜん》と追って行く。

「畜生、畜生っ」

口汚く罵《ののし》り、暴れるお綱の手許《てもと》を丑松が手刀《てがたな》で叩いた。包丁が吹っ飛ぶ。小りんがお綱に体当たりし、倒れるところへ馬乗りになり、捕縄《とりなわ》を取り出して後ろ手に縛《しば》り上《あ》げた。

そうして小りんと丑松がふり返るや、少女は離れた所でぽつんと突っ立ち、泣きそうな顔でいた。

お扇は思わぬなりゆきに、茫然《ぼうぜん》と立ち尽くしている。


相川町の河岸から大島橋《おおしま》まで追って来て、貴三郎と新吾は為八を見失った。

二人が焦《あせ》って辺《あた》りを探し廻《まわ》る。だがしんとして人けはなく、蠢く影も見えない。

「そんな馬鹿な。消えるはずはないんだ」

荒っぽく言い、そこいらをむやみに探す新吾を貴三郎が止めた。

「どうしました」

「血の臭いだ」

そう言った貴三郎が、河岸《かわぎし》の下に視線を注《そそ》いだ。

為八の黒い影が半分水に漬かり、うつ伏せで倒れていた。

二人が駆け降り、その躰をつかんでこっちを向かせる。

為八は袈裟《けさ》斬りにされ、夥《おびただ》しい流血のなかですでに絶命していた。

千両の小判を詰め込んだ段袋はどこにもなかった。

四

お綱は南茅場町《みなみかやばちょう》の大番屋《おおばんや》へしょっ引かれ、貴三郎、新吾、小りん、丑松に一室に閉じ籠められ、事の追及《ついきゅう》を受けた。

少女はお咲《さき》といい、別室で保護の身となっている。

相棒の男が大島橋付近で何者かに斬殺《ざんさつ》された事実を貴三郎から聞かされるや、それまで突っ張っていたお綱はみるみる意気阻喪《いきそそう》となり、すべてを洗い浚《ざら》い喋《しゃべ》った。

相棒は亭主の為八といい、元は馬喰《ばくろう》だったが身持ちの悪さから食い詰め、お綱と共に生活苦に喘《あえ》いでいた。そんな折も折、文華堂の瓦版《かわらばん》で拐し事件を知り、二人で嵐菊之丞から身代金千両をぶん取ろうと、いちかばちかの勝負に打って出る計略を立てた。

無学《むがく》で荒っぽそうな彼らだが、お綱の方が少し緻密《ちみつ》なところがあって、本物の犯科人を真似《まね》るのだから手口もおなじでなければいけないと発案し、文華堂のたね取りの末吉《すえきち》を探し出して聞き込みをした。

有りったけの金二分を末吉に握《にぎ》らせ、奉行所小者《こもの》の又助《またすけ》に犯科人が脅《おど》しをかけて身代金を求めたやり口をつかんだ。それを真似て、菊之丞の女房お扇を呼び出すことにし、芝居茶屋でおなじように脅しをかけたのだ。

ところが計略はうまくゆくかと思えたものの、すでに特命《とくめい》の知るところとなっていて、お縄にされた。

「ええっ、誰がうちの人を」

最初に為八の死を知らされた時、お綱は愕然《がくぜん》とし、一気に血の気の引くような顔になった。

行燈に照らされたその姿を見ると、お綱は三十前で荒《すさ》んだ様子をしており、髪はぱさつき、化粧も剝《は》げ落ちて見る影もない。

恐らく為八は不実な亭主だったはずだが、そうして非業《ひごう》の死を遂《と》げたとなると、それなりに夫婦としての長い歴史があり、それを幕引きとしなければならないのだから、連れ合いを失った身としては悲嘆にくれるのも無理はなかった。

「あの娘はおまえたちの子か」

貴三郎がお綱に追及した。

「いえ、違うんです。あれは『子を貸し屋』から一日三百文で借りて来た子なんです。お咲っていって、ふた親は浅草駒形《あさくさこまがた》の方にいて子供の帰りを待ってるはずです」

世の中には様々な事情があって、他人の子をわが子と偽《いつわ》り、いろいろと小細工をすることもあり、そういう工作のために子を貸し付ける稼業《かぎょう》が成り立っていた。子を貸し屋から借りてきた子供を伴《ともな》い、この子はおまえさんの子ですよと、捨てられた女が男に迫《せま》り、金をせしめる道具に使うこともあるという。

大番屋の小者に頼み、お咲の家へ走って貰《もら》った。子供に罪はないから、引き取らせるのだ。

お綱を仮牢《かりろう》に入れると、特命の四人はその場で密議《みつぎ》を開いた。

まずは貴三郎が苦々《にがにが》しい表情で口を切る。

「為八、お綱夫婦のことは忘れよう」

新吾がうなずき、

「そうですね。二人は単に拐し事件に便乗《びんじょう》したに過ぎません」

小りんもそれには同意した上で、

「問題は消えた千両ですよ。いったいどこの誰が持ち去ったのか……」

「こいつぁどういうことなんでござんすね」

丑松が貴三郎に問うた。

「千両を狙う輩《やから》が夫婦のほかにもいたということか……あるいはそ奴らがそもそもの犯科人なのか」

判断のつきかねぬ口調《くちょう》で貴三郎は言い、

「ともかくこれで事件はふり出しに戻ったのだ。明日からは白紙で臨まねばなるまいな」

五

八幡宮《はちまんぐう》を中心にし、深川には仲町《なかちょう》、土橋《どばし》、櫓下《やぐらした》、裾継《すそつぎ》、大新地《おおしんち》、石場《いしば》、佃新地《つくだしんち》の七場所に岡場所《おかばしょ》があり、遊里《ゆうり》として夙《つと》に名高い。

そのなかの大新地は築出新地《つきだししんち》とも呼ばれ、越中島拝借地《えっちゅうじまはいしゃくち》にあった。

越中島は深川の南にあたり、その昔は海中に孤立した小島であったものが、明暦《めいれき》の頃、久能山総門番榊原越中守《くのうざんそうもんばんさかきばらえっちゅうのかみ》が幕府より拝借し、この地に屋敷を構えた。越中島の名は越中守からついたものだ。

しかし場所柄、風水害が多いためにやがて取り払いとなり、榊原家は退去を余儀《よぎ》なくされた。

その後、石問屋《いしどんや》の鯨屋彦右衛門《くじらやひこえもん》なる者が、越中島町四千坪弱を数千両の巨費を投《とう》じて整地した。

幕府はこの鯨屋の労に酬《むく》い、そのうちの二千二百坪余を御用地に当て、残り千六百坪余を借地として鯨屋に貸し与えた。貸し与えたといっても、賃料などは僅少《きんしょう》である。

鯨屋はこの地で子々孫々、連綿《れんめん》と相続《そうぞく》して石屋をつづけているが、享保《きょうほう》の代から一角に遊里を開発して元締《もとじめ》を始めた。

それが大新地、すなわち築出新地の始まりで、今は四代目鯨屋色四郎《いろしろう》が仕切って、さらなる殷盛《いんせい》を誇《ほこ》っている。

築出新地の女郎屋の数は大小取り混ぜて二十数軒に及び、芸者、女郎衆は百人以上という。

岡場所は官許《かんきょ》ではないから、常に役人の手入れ、すなわち怪動《けいどう》に怯《おび》えていなければならないが、築出新地は別だという。鯨屋初代がお上に恩を売り、そのことが今も申し送りされているのだと、実《まこと》しやかに囁《ささや》かれている。

確かに他の六場所に怪動が行われても、築出新地にそれがあったためしはなかった。怪動に遭《あ》うと、芸者も女郎も囚《とら》われ、吉原《よしわら》へ送り込まれて入れ札となり、そこで三年間過酷《かこく》な女郎勤めをせねばならない。茶屋、子供屋（置屋《おきや》）は言うに及ばず、名主《なぬし》、地主《じぬし》も罰を受けて、ひどい仕置《しお》きを受ける羽目《はめ》になる。官許はあくまで吉原遊廓《ゆうかく》のみなのだ。

消えた千両を追ううち、貴三郎はこの築出新地に目をつけた。

そう思った動機は拐しの便乗犯為八が、袈裟《けさ》斬りにされた場所の対岸に築出新地があったからだ。

その周辺は茫漠《ぼうばく》たる海が広がり、人家《じんか》もなく、夜には底知れぬ無限の闇となった。

しかし火灯し頃ともなると、築出新地だけに紅燈妖《こうとうあや》しく揺《ゆ》らめき、弦歌《げんか》さんざめき、海風に乗って脂粉《しふん》の匂いさえ漂ってきて、伏魔殿《ふくまでん》を思わせるに充分《じゅうぶん》であった。

（何かが臭《にお》う）

貴三郎の鼻がぴくりと動いたのだ。

一方、新吾、小りん、丑松は大番屋の仮牢にいるお綱を再度呼び出し、訊問《じんもん》を重《かさ》ねていた。

貴三郎が為八、お綱夫婦のことは忘れようと言ったが、ほかに手掛かりはないのだからそうもいかなかった。

夫婦が身代金をぶん捕る計略を実行するなかで、秘密は漏れなかったか、余人の知ることはなかったのかを問い詰めた。それを知り得た人間が、千両の横取りを謀《はか》ったと睨《にら》んだのだ。

お綱は初め、そんなはずはない、誰にも知られていないと言い張っていたが、ある時何かを思い出し、顔色を変えた。

「まさか、そんな……」

つぶやいたまま、押し黙った。思い当たる節《ふし》のある様子だ。

新吾、小りん、丑松が鋭く見交わし合い、それから追及を始めたのは言うまでもない。

千代が拐されて十日が経《た》っていた。

六

その男は三蔵橋《さんぞうばし》を悠然《ゆうぜん》たる風情で渡って来た。

濃紫《こむらさき》の着流しに雪駄《せった》履《ば》き、大刀だけを落とし差しにしてふところ手だ。浪人のようにも見えるが御家人にも映《うつ》り、得体《えたい》が知れないその男こそ貴三郎である。

とうに桜は散り、巷《ちまた》では若葉が勢いよく芽《め》を吹《ふ》き、三蔵橋の袂《たもと》の柳もどこか若々しい。

橋を渡り切ると、吉原の大門《おおもん》を模《も》したような黒塗の木戸門《きどもん》が聳《そび》え立ち、大提灯《おおちょうちん》に『大新地』と墨痕《ぼっこん》鮮《あざ》やかに書かれてある。

木戸門の周辺から虫けらでも湧《わ》き出るようにして、三人のごろつきが肩を怒らせて現れた。岡場所に雇《やと》われている用心棒だ。

三人は弥十《やじゅう》、長吉《ちょうきち》、捨松《すてまつ》といい、いずれも若造で、揃《そろ》いも揃っての悪相《あくそう》だ。男伊達《おとこだて》を気取《きど》って髑髏《されこうべ》や鎖鎌《くさりがま》などの派手な絵柄の着物姿で、腰にお揃いの朱鞘《しゅざや》の長脇差《ながわきざし》をぶち込んでいる。躰《からだ》はがっしりしているものの、三人とも背は低く、貴三郎をうさん臭《くさ》いと思ったのか、警戒の目で一斉《いっせい》に見上げて睨み据えた。

「よう、客じゃねえな、お武家さん。何しに来やがった。痛《いて》え目に遭いたくなかったらとっとと失《う》せろ」

弥十が突っ張って脅《おど》した。

貴三郎は不気味な笑みだ。

「野郎、何がおかしいんでえ」

猛《たけ》り狂う弥十の胸ぐらをいきなりつかみ取り、貴三郎がその躰を軽々と持ち上げた。弥十が足を宙でばたつかせる。

「やっ、何しやがる、よさねえか、このさんぴん」

ほざく弥十が乱暴にぶん投げられ、木戸門に躰を打ちつけて痛みに転げ廻った。とっさに長脇差の鯉口《こいぐち》を切る長吉の顔面に、間髪《かんはつ》を容《い》れず貴三郎の鉄拳《てっけん》が叩き込まれた。長吉は鼻血を噴き、顔を押さえてうずくまる。

すべては一瞬の出来事だ。

息を呑んで茫然と突っ立って見ていた捨松に、貴三郎が顔を寄せ、

「鯨屋はどこだ」

静かな口調で言った。


長屋式の女郎屋が何棟も建ち並ぶ奥に、湯屋のような大きな母屋《おもや》があり、そこの前にもごろつきの用心棒が五、六人屯《たむろ》していた。

昼下りだから全体は閑散としている。

そこへ貴三郎が捨松を伴《ともな》ってやって来た。

捨松は貴三郎に片腕をねじ上げられ、もがいている。

それを見たごろつきどもがたちまち殺気立《さっきだ》ち、喧嘩腰《けんかごし》になって貴三郎を取り囲んだ。

そのなかを貴三郎は捨松の背をど突きながら、母屋へ向かう。

「このさんぴん」

怒号《どごう》したごろつきの一人が長脇差を抜き放ち、貴三郎の背後から斬りつけようとした。

貴三郎はすかさず向き直ってごろつきの長脇差を手刀で叩き落とし、その喉《のど》にまっすぐ伸ばした片腕を掛けた。首を絞《し》められ、「ぐうっ」と呻《うめ》いたごろつきが顔を真《ま》っ赤《か》にしてへたばった。他の連中はそれを見て、度肝《どぎも》を抜かれて何もできなくなった。

母屋の奥の間では、鯨屋色四郎が昼から独り酒をやっていた。開け放たれた障子の向こうには紺碧《こんぺき》の春の海が望《のぞ》まれ、見事な眺望《ちょうぼう》が広がっている。

貴三郎が廊下からずかずかと入って来た。捨松は途中で放逐《ほうちく》したようだ。前触《まえぶ》れも何もないから、色四郎が驚きの目を剥く。

「鯨屋色四郎だな」

貴三郎が色四郎を見据えて言い、その前にどっかとあぐらをかいた。

色四郎は日焼けした三十過ぎの漁師のような男で、大漁旗《たいりょうばた》に似た派手な小袖を着込み、ごろつきども同様、男伊達を気取って揉み上げを長く伸ばしている。体格がいいからそれなりの貫禄《かんろく》はあるものの、それだけの男と思われた。

「誰でえ、おめえさん」

野太い声で色四郎が言った。

貴三郎は盃《さかずき》を取って勝手に酒を注《つ》ぎ、それを一気に呷《あお》って、

「おれを雇《やと》わんか」

「なんだと」

「浮世《うきよ》でちと不始末《ふしまつ》を仕出《しで》かしてな、追われているのだ。ここは恰好《かっこう》の隠れ場と踏んだ」

貴三郎が二杯目を飲みながら言う。

色四郎は疑り深そうな目を向けて、

「いってえ何をやらかした」

「人斬りだ」

「何人」

「両の手に余るほどだ」

とたんに色四郎が哄笑《こうしょう》した。

「そいつぁいいや、でけえ口を叩く奴ぁおれは嫌《きれ》えじゃねえぜ」

「気に入ったか」

　するとすぐに色四郎は笑《え》みを消し、

「気に入るだと？　どうやったらおめえさんを信用できるんだ」

「おまえほどの男なら人を見る目があろう」

「持ち上げるつもりか」

「おれのような用心棒がいても邪魔にはなるまい。表のごろつきどもに無駄飯を食わせておくよりましだと思うが」

　色四郎は考え込む。

「どうだ、鯨屋、決断しろ。おれを雇って損はないぞ」

「うぬぬっ……」

　色四郎が唸《うな》った。

　そこへ艶《あで》やかな小袖姿の女が、お代わりの燗酒《かんざけ》を二本、盆に載《の》せて入って来た。きれいに化粧し、唇には毒々しい真っ赤な紅《べに》を引いている。

　女はお了《りょう》といい、二十半ばの色四郎の女房なのだが、それまでの貴三郎と亭主のやりとりをどこかで聞いていたのか、驚きの様子はなく、むしろにこやかな笑顔を貴三郎に向けて、

「ご浪人様、ここに居候《いそうろう》なさりたいんでござんすか」

首を傾《かし》げるようにして聞いてきた。貴三郎のことを浪人と踏んだようだ。器量《きりょう》は月並《つきなみ》だが、この女には男をとろかすような色気があり、またどこか油断のならない謎めいたものを感じさせた。

「そうだ」

「お名は」

「帰山貴三郎」

「あたしはこの人の女房でして、了と申します」

「お了、どう思う、このおさむれえ」

色四郎が問うた。

お了は悪戯《いたずら》っぽい仕草《しぐさ》で少し身を引き、改めて貴三郎を眺《なが》めるようにして、

「よろしいんじゃござんせんか、おまえさんさえよければあたしは一向《いっこう》に。こういう人がいると心強いですよねえ」

貴三郎に流し目をくれながら言った。

七

大番屋でお綱が打ち明けた話は、こうであった。

馬喰の親方で勘兵衛《かんべえ》というのがいて、お綱の亭主の為八はその下で働く身だった。だが為八は勘兵衛から長年に亘《わた》って借金をしていた。借金の理由はそのつど異なり、食《く》い扶持《ぶち》であったり博奕《ばくち》の元手《もとで》だったりだった。為八は少しずつ返してはいたが、利息は一向に減らず、やがてお綱と共に食い詰めた。

一方で為八は馬や牛の良《よ》し悪《あ》しを見分ける眼力《がんりき》に優《すぐ》れていて、そんな苦境《くきょう》のなか、ほかの馬喰の親方からうちへ来ないかと声を掛けられた。だが勘兵衛は借金を楯《たて》に取って横槍《よこやり》を入れ、ほかへ移ることを妨害《ぼうがい》してきた。

勘兵衛は五十人近い馬喰を束《たば》ねる大親方なのだ。

為八と勘兵衛との間に確執《かくしつ》が生じ、やがて悶着《もんちゃく》となり、為八は袋叩きにされて半殺しの目に遭った。

それで縁が切れ、ほかの親方の所へ行けると思っていたら、その親方が病《やま》いを得て頓死《とんし》し、為八は行きはぐれた。もうその時には勘兵衛の所をとび出していたから、無職となってしまったのだ。為八のこれまでの人生で、幸運に恵まれたことなど一度もなかった。

勘兵衛の借金が帳消しになったわけでもなく、どこへ逃げても取り立てはやって来た。

そうして夫婦はしだいに切羽詰まって、やがて瓦版で千代の拐しを知り、身代金をぶん捕る計略を立てた。人質の千代のことを詳《くわ》しく聞き込み、七、八歳の女の子を調達《ちょうたつ》せねばということになった。夫婦の間に子はなかった。

子を貸し屋の存在は以前から知っていたから、二人して浅草駒形へ行き、お咲を借り受けてきた。

その折、夫婦がお咲の手を引いての帰り道に、勘兵衛の姿を見かけたのだ。ところがいつもなら居丈高《いたけだか》に借金返済を言い立てるはずの勘兵衛は、逃げるように消え去った。勘兵衛らしくないから解せない思いがした。

その時はさして気にも留めなかったが、今にして思えば、あれは勘兵衛がこっちのうろんな動きを察知《さっち》して、夫婦が拐しに便乗して何かをやらかすことをひそかに探っていたのではないか。思い当たる節《ふし》は多々あった。夫婦で身代金横取りの策を練《ね》っている時も、為八の仲間の何人かの馬喰の姿を行く先々で見かけていた。それも勘兵衛の差し金で見張っていたものと思われる。

だから勘兵衛が臭いと、お綱は言う。

その証言を元に、新吾と小りんは勘兵衛の元へ向かった。

馬喰の親方勘兵衛は四十がらみで、顔にぶつぶつと疱瘡《ほうそう》の痕《あと》のある陰気臭い男だった。

家は土蔵を改築したもので、中二階の座敷で双方は向き合って座った。

新吾は御家人らしく作り、小りんは地味な小袖の町娘風にしている。

「われらはこういう者なのだ」

新吾が奉行根岸《ねぎし》が発行の手札を取り出し、勘兵衛に見せた。

それを見て勘兵衛は少なからず動揺して、

「げっ、そうは見えやせんが、お役人なんですかい」

新吾がうなずく。

「い、言っときやすが、為八がおっ死《ち》んだなこちとらにゃ関わりねえんですぜ。おれぁ何も知らねえんだ」

釘《くぎ》を刺《さ》すように言った。役人と知って臆《おく》しながらも、精一杯突っ張っているようだ。

小りんは新吾とすっと見交わすと、

「長谷川町の燗酒売りの娘さんの拐し、世間があれだけ騒いでるんですから知ってますよね」

勘兵衛は小りんと目を合わさず、

「知らねえな。浮世の出来事にゃとんと疎《うと》いんだ」

「娘さんは誰かにさらわれて、今でも行く方知れずのまんまなんです。そこへ犯科人が歌舞伎役者の嵐菊之丞さんに千両の身代金を吹っかけてきました。為八さんはその一件に便乗して、お綱さんとつるんで千両を横取りしようとしたんです。ところが犯科人たちが現れて、為八さんを手に掛けて千両を持ち去っちまったんですよ」

勘兵衛は苛《いら》ついて貧乏ゆすりをしていて、癇《かん》に障《さわ》った様子で、

「だからなんだってんだ、おれにゃ関わりねえと言ってるだろ。そんな用件《ようけん》ならけえってくれよ。暇《ひま》じゃねえんでな」

新吾が口を切り、

「おまえと為八殺しの関連を調べている。それに消えた千両の行方《ゆくえ》も追っている。有体《ありてい》に言う気がないのならちょっと来てくれ」

「ど、どこへ」

勘兵衛がおたつく。

「奉行所に決まっておろう。いいから、さあ立て」

新吾が立ってうながすと、勘兵衛は狼狽《ろうばい》して態度を改め、

「そいつぁご勘弁下《かんべんくだ》せえやし、奉行所なんざ行きたかござんせんので」

新吾は勘兵衛の腕を取り、

「おまえの御託《ごたく》を聞いている暇はない。奉行所の門を潜《くぐ》れば話す気にもなろう」

「そうですね、あそこは脛《すね》に疵《きず》持つ人はみんな嫌がります。しょっ引かれたら最後、二度と娑婆《しゃば》には戻れませんからねえ。さっ、行きましょう、勘兵衛さん」

小りんが邪険《じゃけん》に言い放った。

勘兵衛は新吾の腕をふり払い、ばたついてひれ伏すと、

「頼む、しょっ引かねえでくれ。なんでもお話し致しやす」

「では聞こう」

新吾が座り直して言った。

(落ちたわね)

勘兵衛が観念したと見るや、小りんの口許《くちもと》にうす笑いが浮かんだ。

しょっ引かれたくない一心で、勘兵衛が打ち明ける。

「金に困っていた為八とお綱がこの先どうするか、おれぁ気になってずっと目を離さねえでいた。為八は目利《めき》きのできる馬喰だからほかに引き抜かれちゃ困るからな。そうするうちに二人が大それたことを考えてるのがわかった。拐しの件よ。駒形の子を貸し屋までつけてって確かめたぜ」

「身代金を横取りしようと企《たくら》んだのか」

新吾が追及すると、勘兵衛は慌《あわ》てて手を横にふり、

「おれぁそういう危ねえ橋は渡らねえ。世の中にゃ裏ってものがあって、それだけの材料が揃《そろ》ってりゃまとまった金になるんでさ」

小りんが驚きの目になり、新吾と見交《みか》わして、

「ちょっと待って、勘兵衛さん。人の悪事の計略を密告《みっこく》するとお金になるってことな

の」

「ああ、これこれこういう奴らがこういうことをやろうとしているとこっそりそいつに話すんだ。するとそいつが裏を取った上で、間違いねえとわかると金を払ってくれるのさ」

つまり進行している悪事の情報を、買う輩がいるということだ。その裏稼業を『ねた買い屋』というそうな。

「それはどんな奴らだ」

新吾が詰め寄ると、勘兵衛は困った顔になって、

「いや、そいつを言うわけにゃ……」

勘兵衛がまごついていると、小りんは腰から捕縄を引き抜き、新吾がぐいっと睨みつけた。

八

その晩、お島は思案橋の袂で屋台を出していた。むろん千代の姿はないから、女一

人寂しげに見える。

そこへ丑松がやって来て、屋台の前の明樽《あけだる》に掛けた。月代《さかやき》を伸ばし、相変《あいか》わらずの苦《にが》み走《ばし》った男っぷりだ。唐桟縞《とうざんじま》の着物を粋《いき》に着こなしている。

「一本つけてくんな」

「はい」

お島が燗酒の支度《したく》を始める。

丑松はその姿を見るとはなしに見ながら、

「おいら、丑松ってんだ。おめえさんのことは知ってるぜ」

お島は顔を上げるが何も言わず、曖昧《あいまい》な笑みを浮かべる。

「この屋台、おめえさんの娘の千代って子とやってたんだな。それがさらわれたまんまけえってこねえ。こうして商いに出てても身がへえるめえ」

お島はやつれた顔でうなずき、

「へえ、でも食べてかなくちゃいけませんからね。それに家で塞《ふさ》ぎ込《こ》んでいてもいいことありませんので」

「そりゃそうだ、つれえとこだな」

「あの、丑松さんは町内の人ですか？　鳶《とび》か何かの……」

「まっ、そんなとこだ」

二人は元矢之倉《もとやのくら》の古井戸の所で会っているのだが、その時は小りんや鳶の衆らが大勢いたから、お島は丑松のことは憶《おぼ》えていないようだ。

酒がつき、丑松はお島の酌《しゃく》で飲んで、

「おめえさんもどうでえ」

「へえ、それじゃ遠慮なく」

お島は盃を取り、丑松の酌で飲むと、

「その後何も聞いてませんか」

気になる目で聞いてきた。

「犯科人のことかい」

「ええ」

「菊之丞さんの千両はぶん捕られたまんまだぜ。犯科人の影も形も見えねえから、おれたちゃ地団駄《じだんだ》踏んでるのさ」

「どうしていますか、菊之丞さんの所は。お内儀さんのお扇さんには一度会ったことがありますけど」

「身代金が取られたきりなんで、菊之丞さんもお内儀もかなり滅入《めい》っちまって、三、四日は舞台を休んでいたよ。けど二、三日めえからまた出てるぜ。それにあの人も稼がなくちゃならねえからな。菊之丞さんが舞台に出てねえと客が騒ぐんだよ。人気者はつれえよなあ」

「そうですか」

お島がうなだれて考え込む。その表情のどこかに暗い翳《かげ》が揺らめいている。そこに底知れないものを感じ、丑松は不審《ふしん》に思った。

「どうしたい」

「いえ、その、菊之丞さんにはとんだとばっちりで、大変ご迷惑をおかけしちまって。本当に申し訳なく思ってるんです」

「あんまり気にするなよ、悪いのは犯科人どもなんだ」

「はい」

「話は違うんだけど」

そう言って、丑松はお島に探るような目をくれて、

「古井戸を見て、おめえさんは大層《たいそう》びくついていなすったな」

「えっ」

お島の顔から笑みが消えた。

「実はよ、元矢之倉のあそこにおいらもいたんだよ。あの時のおめえさんの姿が瞼《まぶた》にこびりついて離れねえ。率直《そっちょく》に聞くけど、古井戸になんぞ忌《い》まわしい思い出でもあるのかい。おいらの目にゃそんな風《ふう》に見えたんだ」

「………」

「いや、言いたくなかったらいいんだぜ」

「そうなんですよ」

「あん？」

「古井戸には嫌な思い出があるんです」

「どんな」

「ご免《めん》なさい、それは言えません。勘弁《かんべん》して下さい」

申し訳なさそうにお島は言う。

「そうかい、なら構《かま》わねえよ。こちとら所詮《しょせん》は野次馬《やじうま》だからな」

「いいえ、そんな」

「邪魔《じゃま》したな」

丑松は早々に切り上げ、銭を余分に置いて明樽から立った。

「あっ、こんなに頂いては」

「いいってことよ、今のおめえさん見てると気の毒でならねえ。子供が無事にけえって来ることを祈ってるぜ」

「お気遣い有難う存じます」

丑松は屋台を出てすたすた行きながら、解せない思いがしてならない。

(いってえ古井戸に何があったってんだよ)

それがお島の謎だった。

九

夜の築出新地は大層な盛況《せいきょう》だった。

百人がとこいる女郎衆を目当《めあ》てに客は引きも切らず、華やいだ嬌声《きょうせい》があちこちから聞こえ、誰かが三味《しゃみ》の音に合わせて端唄《はうた》を唄い、酒や料理のいい匂いもしている。

遠くで酔っぱらい同士の言い争うような声も聞こえる。

そんな賑《にぎ》わいをよそに、路地《ろじ》の奥では太鼓持《たいこも》ちのぽん助が、年増《としま》芸者に三拝九拝《さんぱいきゅうはい》していた。

「ねっ、頼むよ、姐さん、後生《ごしょう》だからさ。今晩中に一両作らないと命の瀬戸際《せとぎわ》になっちまうんだ」

ぽん助は色白のまん丸顔で二十半ばか、芥子色《からしいろ》の派手なお座敷着を着ている。

年増芸者はうんざり顔で、

「また博奕かえ、おまえさん」

「そ、そうなんだけどもうやめようと思ってるんだ。賭場《とば》に一両を返して縁切りとしたいんだよ」

「そりゃどうかしらねえ、おまえさんの博奕狂いはほんとどうしょもないじゃないか。前に貸した一両二分はどうしてくれるのさ」

「そいつぁ今度目が出たら」

ぽん助はあわわと口を押さえ、

「忘れちゃいませんよ、きっと返します。けどここんところ気前のいいお大尽《だいじん》になかなかめぐり会えなくって、渋ちんの客ばかりなんだ。世も末だよねえ」

「ともかくもうおまえさんにゃ用立てるつもりはないよ。ほかの人に頼むんだね」

年増芸者はつれなく身をひるがえし、ぽん助はしょぼんと取り残されて、

「参ったな、こうなったら年寄の家にでも押込むしかねえか」

独りごち、行きかけたその背に、

「物騒《ぶっそう》なことを考えるな」

男の声が掛かった。

「えっ」

ぽん助がふり返ると、暗がりに貴三郎が立っていた。

「ああっ、おまえ様は……確か鯨屋さんに雇われた用心棒の旦那でござんすね」

「そうだ」

「あたくしに何か？」

「おまえから話を聞きたい」

「へっ？」

「酒の相手をしろ」

「い、いえ、そいつぁ……今晩中にどうしても一両作らないといけないもんですから。今から駆けずり廻らないと」

貴三郎が一両を突き出すと、ぽん助はぱっと目を輝《かがや》かせ、

「地獄に仏だ」

すばやく一両を収めた。

母屋の小部屋で、貴三郎はぽん助と向き合って酒を飲む。

この時刻、色四郎もお了も客に呼ばれていて不在で、両隣りの座敷は無人だった。

「どんなことでも聞いて下せえやし。ここのことはあらかた知っておりやすんで」

ぽん助が酌をしながら言った。

「そう思っておまえに目をつけた」

「へっ？　そうだったんですかい。なんだか怪《あや》しいですね、旦那」

「おれの詮索《せんさく》はよしにしろ」

「わかりやした。それじゃなんなりと」

「女房のお了とはどういう女かな」

「あ、そこですか。うむむ、なんてったらいいんですかねえ、あの人は三年前にふらっとここへ流れて来たんですよ。それでもってああいう色っぽいお人ですから、色四郎の旦那がぞっこん参《まい》っちまって、あれよあれよという間に二人して夫婦船《めおとぶね》に乗っかったんです。ここだけの話ですけど、相性《あいしょう》がいいっつうかなんちゅうか、色四郎旦那はあんな強面《こわもて》をしてますが存外《ぞんがい》人の好いところがありまして、女を見る目だってそんなにある方とは。代々つづいた暴れ馬みたいなお家柄で、荒《あ》ら事《ごと》や揉《も》め事《ごと》を鎮《しず》めるなお手のもんですけど、女となると」

「お了に籠絡《ろうらく》されたということか」

「まっ、そんなとこかと」

「ではお了の素性《すじょう》は知れぬのか」

「へえ、それぱっかりは誰も知りません。お了さんはご自分のことを語りませんからね」

ぽん助は遠慮がちに酒を飲んで、

「ところが以前に勘定方《かんじょうがた》のお役人衆が客でお見えんなった時、色四郎旦那とお了さんとでお相手をしたことがあったんです。へえ、あたくしも呼ばれました。そのお役人のなかにやっとうの達人がいたんですよ」

「それで、どうした」

「その達人がお了さんのことを、おまえは元武家であろうと見破《みやぶ》ったんです」

「認めたのか、お了は」

「いいえ、とんでもないと言って笑ってごまかしてましたよ。でもあたくしに言わせたら、その達人の眼力《がんりき》は間違っちゃいないんじゃないかと」

「なるほど、達人は見る目があったのだな。だがどう見てもお了が武家者とは思えんが」

「お了さんはうまいこと装《よそお》ってるんですよ。なんと言うんでしょう、ちょっとしたなんでもない時に、身ごなしとか立《た》ち居《い》振る舞《ま》いなんぞにお武家の性分《しょうぶん》は出るものでして、あたくしにはわかりますね」

「お了の女房っぷりはどうなのだ」

「すっかり色四郎旦那を尻に敷《し》いてますよ。強い人ですからねえ。それに女郎衆のなかに手なずけたのもいるんです」

「その者たちの名は」

「吉田屋《よしだや》の小つま、春木楼《はるきろう》のお京《きょう》の二人でござんす。まだ若いお女郎さんですが、今じゃすっかりお了さんの子分同然ですよ」

(女の三人組か……)

貴三郎が胸の内でつぶやいた。

その三人に向け、疑心《ぎしん》が突き上げてきた。

十

翌日——。

猿屋町《さるやちょう》の元禄長屋《げんろくながや》へ入って来ると、小りんは路地にいた住人にたね取りの末吉《すえきち》の家を訪《たず》ね、いきなり油障子を開けた。

小机の上に書きつけたものを広げ、熱心に読み入っていた末吉は小りんの方など見もせず、

「どちらさんですね、今は手を離せねえ仕事をしてるんで後にして貰えませんか」

「おまえさん、たね取りの仕事は天下ご免でいいですけど、裏で悪いことしてますよね」

末吉は一瞬目に動揺が走るが、それでもさり気なく装い、

「なんのことですね、おまえさん、どこの誰なんです」

小りんが手札を見せつけて、

「おまえさんを訪ねて、前にもあたしの仲間が来たはずですけど。帰山貴三郎様と言いました」

末吉は惚《とほ》けて、

「さあ、毎日いろんな人と会ってるんで憶えてませんね」

ちょっとご免なさいよと言い、末吉は火鉢《ひばち》の鉄瓶《てつびん》を取って席を立ち、小りんの脇を抜けて表へ出て行った。茶を淹《い》れるつもりのようだ。ところが鉄瓶に水を入れに行くものと思いきや、末吉はいきなりそれを放って逃げだしたのである。

すかさず小りんが追い、末吉は木戸門《きどもん》を抜けて必死で逃げまくる。その足が横から絡《から》められ、末吉が蹴《け》つまずいて倒れ伏した。

新吾が立っている。

「畜生」

尚《なお》も逃げんとする末吉の襟首《えりくび》を新吾がつかみ、ふり廻して投げ飛ばした。

「うわっ」と叫んで再び道に倒れ、這《は》いずり廻る末吉に新吾と小りんが迫《せま》った。

新吾が屈《かが》み込んで末吉の髷《まげ》をつかみ、

「馬喰の勘兵衛から聞いたぞ。おまえは悪事の情報を買って、それを闇に流しているらしいな」

「そ、それくらいのことは目こぼしして下さいまし。あたしも食ってかなくちゃいけないんですよ」

新吾は末吉の顔を手荒く地面に打ちつけ、

「これまでおまえがどんなねたをどんな筋《すじ》へ売ったかは、ここでは不問にしてやる。おれが知りたいのは勘兵衛から買ったねたをどこへ売ったか、それを今すぐ明かせ」

「阿禅坊《あぜんぼう》さんです」

「なに」

新吾が小りんと見交わし、

「何者だ、それは」

「表向きは願人坊主《がんにんぼうず》をやってるお坊さんですけど、いろんな悪事を聞き齧《かじ》っては情報を売り買いしてる人です。あたしのたね取りの仕事にも絡んでくるんで、阿禅坊さんとは切っても切れない仲なんですよ」

阿禅坊も末吉も直接悪事に手を染めているわけではないから、罪に問うのは難しいかもしれない。しかし悪事と承知でそれを金にしているのでは、無事で済む道理はない。

「小りん、こいつに縄を打て」

「はい」

小りんが捕縄を取り出し、末吉の腕を取って縛《しば》ろうとした。

すると末吉が暴れて、

「よしてくれ、縄付きなんかになるのはまっぴらだ」

その横《よこ》っ面《つら》を、小りんが思い切り張り飛ばした。

末吉は悲鳴を上げて頬を押さえ、おとなしくなった。

「往生際《おうじょうぎわ》が悪いぞ、末吉。こうなったら一蓮托生《いちれんたくしょう》だ。どこに行けば阿禅坊に会える」

新吾が容赦《ようしゃ》のない声で言った。

十一

今宵《こよい》も築出新地は賑わっているが、母屋の一室では女だけの酒宴が開かれていた。

お了、小つま、お京の三人が寄り集まり、何やら絵図《えず》を広げて見入っている。

「女将《おかみ》さん、あたし、あまり遠くへ行くのは気が進まないんですけど」

小つまが言えば、お京も同意で、

「あたしもできれば坂東《ばんどう》から離れたくありません」

小つまとお京は共に十七、八で、可憐《かれん》な桃割《ももわ》れに髷を結い、甲乙つけ難く、彼女らのいる場所柄を考えれば、掃《は》き溜《だ》めに鶴《つる》と言うべき美形なのである。

「江戸を売りたくない気持ちはわかるけど、おまえたち、ここにいられると思っているのかえ」

お了が含《ふく》みのある言い方をすると、二人は言葉を返せなくなってうなだれた。

「いいかえ、これからあたしたちは誰にも邪魔されないで三人で暮らすんだ。そう約束したじゃないか。ふんぎりをおつけな。どこへ行っても住めば都さね」

「ええ、でも……」

小つまは何か言いたげに口を尖《とが》らせる。

「おまえは木綿《もめん》問屋の手代《てだい》と末《すえ》を誓《ちか》ったと言うんだろう。でもその話は実《み》がないんだよ」

「どうしてそんなこと言えるんですか、女将さん。利助《りすけ》さんはきっとあたしと一緒になるって」

「人をやって調べさせたら、利助はお店の三女のお嬢さんといい仲なのさ。おまえとは遊びなんだよ」

「利助さんはそんな人じゃありません」

「あの人がここへ来ておまえを抱く金はどこから出てると思ってるんだい。あれはお店の金を使い込んでるよ。あたしはそう睨んでいる。そんな男と一緒になったら行く末はどうなるか。火を見るよりも明らかじゃないか」

「ああっ、利助さん……」

小つまが嘆《なげ》き悲しむ。

「それにお京や、おまえもまだまだ世間を見る目が甘いよ」

お京がお了を見た。

「おまえを春木楼へ売ったな兄さんだ。大事な妹を女郎屋へ売って、兄さんの権次《ごんじ》さんは毎日遊び惚《ほう》けてるんだよ。それを知っているのかえ」

「ええ、そのことはおっ母《か》さんから聞きました。遊び惚けてるつもりはないと思いますけど。兄さんは仕事で躰を壊《こわ》して、働けなくなったんでしょうがなくあたしを苦界《くかい》へ。立ち直ったらかならず身請《みう》けに来るって言ってくれてるんです」

「どうだかね、当てにできないと思うよ」

「女将さん」

「ひとたび世間に出たら親も兄弟もないんだよ。信じられるのは自分だけってこと、忘れないで貰いたいね」

お了は絵図を畳んで胸許へしまい込み、

「あたしは駿河《するが》へ行きたいんだ。江戸なんかおさらばして、新しい土地でやり直そうじゃないか。後ろを見ないで前を見て行こうよ」

「女将さんは後腐《あとくさ》れないんですか」

小つまが問いかけ、お京もお了を見た。

「あるものか。あたしゃさばさばした気持ちだからね、こうと決めたらまっすぐなんだ」

そこへ足音荒く、色四郎が入って来た。

「おい、お了、どういうつもりだ。売れっ子の娘二人を休ませて何してやがる。客がぶんむくれてるぞ」

「吉田屋と春木楼にゃあたしが金を払って二人を休ませたんですよ。今宵は少しばかり飲みたい気分なんでつき合って貰ったんです」

「おめえな、そういうわがままはよくねえだろう。築出新地の大女将がそれじゃいけねえよ。おれの立場も考えろ」

「はいはい、あたしが悪うござんしたね」

お了が小つまとお京に目配《めくば》せすると、二人は色四郎に頭を下げて急ぎ足で出て行った。

「それじゃおまえさん、機嫌を直してあたしと差しつさされつと行きましょうか」

如才《じょさい》なくお了に徳利《とっくり》を向けられ、色四郎は座り直してそれを受け、しかし太鼓持ちのぽん助が言うような決して女房の尻に敷かれた亭主の顔ではなく、油断のならない

目でお了を見ると、

「お了、おめえにゃもうひとつ話がある」

「おや、何かしら」

いつもの色四郎と様子が違うので、お了は人知れずすっと表情を引き締める。

「素性が知れたんだよ、おめえの」

お了が笑みを消し、ちらっと色四郎の顔を盗み見て、

「あたしの素性ですって？」

「ああ、そうだ」

「妙な言い方をしないで下さいな、おまえさん。あたしは葛飾《かつしか》の在《ざい》で、悪い親が借金こさえて一家離散《いっかりさん》の憂《う》き目に遭って、売り飛ばされそうになったんでこの土地へ逃げて来て、それでおまえさんの情《なさ》けに縋《すが》ったんじゃありませんか。ほかの人には言ってないけど、このあたしの話を信じてくれないんですか」

「そいつぁ真っ赤な嘘だ」

お了は虚《きょ》を衝《つ》かれ、

「嫌だ、誰に何を吹き込まれたってんです」

「春木楼に揚がった客で、おめえの知り合いがいたんだよ」

「えっ……」

「お小人目付《こびとめつけ》の村木彦馬《むらきひこま》って名めえを知らねえか」

「知りませんね」

お了は言下に否定する。

「おめえのお父上の昔のご同役らしいんだ」

「あ、あたしのお父上って、いったいなんの話ですか」

「つまりおめえは葛飾の在なんて口から出任《でまか》せでよ、十五俵一人扶持の御家人の娘だったんだな」

「…………」

「おめえの身に何があって家をとび出したのか、そいつぁ知らねえ。村木って人も口を閉じて言わねえ。けどおめえがこんな所でおれの女房に収まってるのを知って、大層《たいそう》驚いてたぜ」

「おまえさん、それについちゃあたし……」

「どうしたい、言い訳でもするつもりか。聞いてやってもいいぜ」

「いいえ、今は何も言いたくありませんね」

「それじゃ武家の女だってことは認めるんだな」

お了は押し黙る。

「おい、お了」

「…………」

「まっ、いいさ、構わねえよ。おれぁ昔をとやかく言うような野暮《やぼ》じゃねえつもりだ。それにしてもおめえはなかなかの女らしいな。剣を取ったら鏡心一刀流《きょうしんいっとうりゅう》の腕前だそうじゃねえか。おおっ、こわっと言いてえとこよ。これ以上おめえを追及して寝首《ねくび》を搔《か》かれちゃ敵《かな》わねえからよ、触《さわ》らぬ神に祟《たた》りなしにしておくぜ」

「…………」

「なっ、お了、この先も末永く仲良くやってこうじゃねえか。おめえの昔にゃ拘《こだわ》らねえからな」

言うだけ言って、色四郎は出て行った。

お了は暗い情念《じょうねん》に浸《ひた》るようにしてじっと物思いに耽《ふけ》っている。その目の奥には何やら危険なものが揺《ゆ》れているようにも見える。

と――。

不意にお了の眉がぴくりと動き、鋭く周囲を見廻した。

どこかで気配がしたのだ。

お了はつっと立つと、険しい目で両隣りの座敷を次々に開けて覗いていく。

誰もいない。

気のせいかと思い直し、元の席に戻って冷めた酒に口をつけた。昔のことなのか、この先の心配か、お了はまた考え込んでいる。

すると廊下の隅で人影が動いた。

一部始終を耳にしていた貴三郎が、足音をさせずにそっと立ち去った。

第三章　誘蛾灯《ゆうがとう》

一

下谷稲荷町《したやいなりちょう》に成就院《じょうじゅいん》という寺があり、阿禅坊《あぜんぼう》はそこの離れに間借りしていた。離れといっても炭小屋を改築した粗末《そまつ》な家屋だが、そこに住んでいるということは如何《いか》にも清貧《せいひん》に甘んじて生きている高潔《こうけつ》な僧のように思える。

だが深草新吾《ふかくさしんご》と小りんはそうは思わず、油断なく離れへ近づきながら、

「小りん、あなどるなよ。煮ても焼いても食えんような生臭坊主《なまぐさぼうず》の臭《にお》いがするぞ」

「ええ、きっとそうでしょうよ。この坊さんときたら、悪事の売り買いで幾《いく》ら稼《かせ》いでるか知れたもんじゃありませんからね」

「しかしよくぞ考えたものだ。他人が行う悪事を嗅《か》ぎつけ、それをまた別の奴に売る。だからこたびのような千両の取り合いが起こるのだ」

「お縄にしても構いませんね」

「元よりそのつもりだ」

離れに明りが灯っているから、阿禅坊は在宅のようだ。

家の前での二人のひそひそ話を聞きつけたのか、阿禅坊がいきなり油障子を開けて顔を覗《のぞ》かせた。

つるつるに剃髪《ていはつ》して顔は日に焼け、がっしりとした体格をしている。人相がよくないから僧衣がそぐわず、衣《ころも》そのものが浮いて見える。

座敷の奥に身を隠すようにして、しどけない姿の中年の女が見えた。阿禅坊が引き入れた娼妓《しょうぎ》らしく、真っ白に厚化粧している。

「どなたかな」

四十がらみの阿禅坊が警戒の目で、しかし落ち着き払って問うた。

それには新吾が答えて、

「南町の者だ。おまえから話が聞きたい」

「それは困りましたな」

「不都合か」

「ここはお寺社地《じしゃち》でござれば、町方はご遠慮《えんりょ》願いたい。無理にと申されるなら厄介《やっかい》なことになりますぞ」

そう言いながら阿禅坊は後ろ手で女に去れと合図している。不穏《ふおん》な様子に女は手早く着付けを直し、阿禅坊の背後に来て背中を小突いた。遊んだ金を払えと言っているのだ。阿禅坊が袂《たもと》をまさぐって銭を与えると、女は急いで裏手から逃げるように出て行った。

その無言劇を、新吾は皮肉な笑みで見ながら、

「縄張りなんぞくそ食らえだぞ」

そう言われ、阿禅坊はぎろりと目を剝く。

「おまえの悪事がわれらの耳に届いた。それで放っておけなくてこうしてやって来た」

「うぬっ」

阿禅坊が怒号《どごう》を漏《も》らし、すばやく家のなかへ引っ込んで油障子を閉め切り、なかか

ら心張棒《しんばりぼう》を掛けた。

すかさず新吾と小りんが油障子に突進し、体当たりをした。心張棒が外《はず》れて障子が土間へ倒れるや、阿禅坊は座敷へはね上がり、壁に立てかけた錫杖《しゃくじょう》を手にして身構えた。形相《ぎょうそう》を険《けわ》しくし、威嚇《いかく》している。

新吾は素手《すで》で、小りんは鳶口《とびぐち》を抜き、阿禅坊に迫《せま》る。

「抗《あらが》うということはみずから悪事を認めるのだな」

新吾が決めつけるや、小りんも鳶口を構えて強い口調になり、

「お寺社方に引き渡して、おまえさんの悪業を裁《さば》いて貰《もら》いましょうか。遠島《えんとう》は免《まぬが》れませんから覚悟なさい」

遠島と聞いて阿禅坊は腰砕けとなり、錫杖を放り投げてその場にひれ伏した。思ったほどの強力犯《ごうりきはん》ではないようだ。

「ま、待ってくれ、遠島は適《かな》わん、勘弁《かんべん》してくれ」

「ここで聞きたいことはひとつだ」

「な、なんじゃ」

「たね取りの末吉から聞いた拐《かどわか》しの件だ。おまえはそれをどこの誰に売った」

新吾が阿禅坊の前に座って言った。

小りんも鳶口を手にしたまま近くに座る。

「あれを売ったのは女だ」

「何者だ」

新吾が畳《たた》みかける。

「言うてはならん決まりになっているんじゃが……」

「その者に義理でもあるのか。庇《かば》い立てて遠島になってもよいのか」

新吾の追及《ついきゅう》に、阿禅坊は怯《おび》えて、

「じょっ、冗談ではない。そんな割に合わん話はない。名も身分も知らぬ女なのじゃ。わかっているのは、深川七場所《ふかがわななばしょ》のひとつを仕切る大女将《おおおかみ》らしいということだ。それしか知らん」

新吾は小りんときらっと見交《みか》わし、

「よし、それで充分《じゅうぶん》だ。因《ちな》みにどうやってその女将に話を持っていった」

「女将は愚僧のねた買いには前々からつなぎをつけていた。よい話があったら真っ先に知らせてくれと頼まれてもいた。だから末吉さんから拐しの件を聞くや、すぐに教えてやったよ。本当に悪いのは愚僧などではない、ああいう女将のような女なんじゃや」

阿禅坊の言い逃れを、新吾は鼻で嗤《わら》い、

「小りん、このくそ坊主に縄を打て」

「承知しました」

小りんが捕縄を取り出し、阿禅坊に縄を打つ。

阿禅坊は暴れることもなく、おとなしく縛《ばく》についた。

「これ、若いお役人、わしはどうなる。すみやかに白状したのだから罪を軽くしてくれるのだろうな」

「お寺社方に掛け合ってはみるが、どうなるかはおれにはわからん。しかし御仏《みほとけ》に仕《つか》える身で罪を犯したのだ。それ相応《そうおう》の報《むく》いを受けねばなるまいな」

新吾の言葉に、阿禅坊はがくっとうなだれた。

二

その日は非番なので、お小人目付《こびとめつけ》の村木彦馬《むらきひこま》は妻子《さいし》を伴《ともな》い、本郷金助町《ほんごうきんすけちょう》にある大《おお》縄地《なわち》の組屋敷から神田明神《かんだみょうじん》へ詣《もう》でた。

この頃の神田明神は一万坪もあり、門前町《もんぜんまち》から境内《けいだい》にかけて見るもの食べるものが沢山揃《たくさんそろ》っていて、天気さえよければいつも人を呼んでいる。

うららかな春の日差しを浴《あ》び、女子供が楽しそうで、村木の妻子も主《あるじ》そっちのけで露店《ろてん》などを見て歩いている。村木も妻も若く、二人の娘もまだ幼い。

お小人目付は御目付の支配下にあり、直接の上司として徒目付《かちめつけ》を仰《あお》いでいる。徒目付にしたがい、諸侯《しょこう》の動静を窺《うかが》い、幕臣を監察糾弾《かんさつきゅうだん》するお役である。定員は百人余で、十五俵扶持《ぶち》の貧しい下級武士だ。

日頃の疲れを癒《いや》すための非番だから、妻子につき合いながらも村木は一人、茶店の床几《しょうぎ》に掛けてのんびり甘酒を啜《すす》っていた。

ふっと風がよぎり、村木の隣りに深編笠《ふかあみがさ》の侍が掛けた。着流しに大刀だけを差した帰山貴三郎だ。

「村木彦馬殿」

「はっ？」

突然話しかけられ、村木は貴三郎へ不審顔《ふしんがお》を向けた。

貴三郎は笠を取り、座ったままで軽く一礼すると、

「それがし、南町の隠密御用《おんみつごよう》を務むる帰山貴三郎と申す」

村木が表情を硬《かた》くして、

「町方の御方《おかた》が何用でござるかな」

「率爾《そつじ》ながら、春木楼《はるきろう》のお君《きみ》とはよい仲だそうな」

村木は俄《にわか》に狼狽《ろうばい》し、遠くにいる妻の方を気遣《きづか》って、

「何を申されたい、なんぞ魂胆《こんたん》でもござるのか」

気色《けしき》ばんで言った。

「誤解なされては困る。村木家に波風《なみかぜ》を立てるつもりなど毛頭《もうとう》ござらん」

「いきなり理不尽《りふじん》な。では何が希《のぞ》みか」

「築出新地《つきだししんち》を牛耳《ぎゅうじ》っている色四郎《いろしろう》、お了《りょう》夫婦は存知《ぞんじ》よりだな」

の者です」

「色四郎はよく知っている。女将の方とて向こうはともかく、わたしとしては見知り

「お了の素性《すじょう》が知りたい」

貴三郎が一両の入った金包みを、さり気なく床几に滑《すべ》らせた。

村木はそれを見て迷う目になり、

「あの女が何か仕出かしたのでござるか」

「大罪を犯した」

「ええっ、いったいどんな……」

「それは明かせぬ。内密に調べているところなのだ。有体《ありてい》にお話し頂けぬか。貴公には関わりなきゆえよろしかろう」

「相わかり申した」

村木は納得してすばやく金包みを収め、それから気息《きそく》を整《ととの》えるようにして甘酒を飲み干して、

「春木楼へ通《かよ》いだし、お君とねんごろになるうちに元締《もとじめ》の色四郎と意気を通じ合わせるようになりました。時には酒を酌《く》み交《か》わすこともありまして、そうこうするうちに

女郎屋の方には滅多《めった》に顔を見せぬ女将のお了を見かけたのです。色四郎に聞くと女房だという。すぐに偽名とわかりましたよ。あれは笠原菊《かさはらきく》と申す昔の同役の娘だったのです」

「笠原家に何がござった」

村木は渋面《しぶづら》を作り、腕組みをして、

「かつてさる藩より城郭営繕《じょうかくえいぜん》の届けがあり、その調べを任された笠原殿は陰で手心を加えてしまったのです。華美《かび》な御殿を造ることが御法度《ごはっと》のところ、その藩は贅《ぜい》を凝《こ》らしたものを造りたかった。それゆえに目こぼしを頼んだのです。恐らく笠原殿に裏金が渡ったものと思われます。しかしそれが発覚《はっかく》して笠原殿は罰せられました。組《くみ》頭《がしら》殿がとりなして下され、腹切りだけは免れたものの、笠原殿は身分を剝奪《はくだつ》されて放逐《ほうちく》されました。屋敷も追い出され、一家は散り散りになったのです。やがて笠原殿とご妻女は、時を待たずしてこの世を去り、菊殿は浮世《うきよ》の荒波《あらなみ》に放り出される羽目《はめ》に」

「…………」

「そこまではわかっているのですが、その後の菊殿の流転《るてん》までは知《し》る由《よし》もありません。

さぞや辛酸《しんさん》を舐《な》め、苦労を重《かさ》ねたかと思われます。しかし色四郎の女房に収まっている姿を見て、驚きと共にうまくやったものだと思いましたよ」

「天涯孤独《てんがいこどく》なのか、菊は」

「妹がいましたが、大分《だいぶ》昔に亡くなっております」

「鏡心一刀流《きょうしんいっとうりゅう》の使い手と聞いたが」

「剣に関しては男勝《おとこまさ》りで、天賦《てんぶ》の才があるものと。一度立ち合ったことがござるが、とても歯が立ちませんでした」

村木はひ弱に笑う。

「相わかり申した。ご造作《ぞうさ》をかけてすまぬ」

貴三郎が折り目正しく一礼する。

「いや、なんの。今日は思わぬ実入りのお蔭で、帰りに妻子にうまいものを馳走《ちそう》をしてやれますよ」

村木は屈託《くったく》なく言う。

そこへ笑顔を弾《はず》ませ、妻子が向こうから駆けて来た。

貴三郎は笠を被《かぶ》り、立ち去った。

三

日の暮れ迫る頃、本八丁堀《ほんはっちょうぼり》の特命の仕舞屋《しもたや》に貴三郎、新吾、小りんが集まった。

まずは新吾と小りんが話を取り合うようにして、それまでの調査結果を貴三郎に報告する。

馬喰《ばくろう》の親方勘兵衛《かんべえ》は、為八《ためはち》、お綱《つな》夫婦の身代金横取りの企《たくら》みを嗅ぎつけ、たね取りの末吉にその件を売り、さらに末吉は願人《がんにん》坊主の阿禅坊に情報を売った。まるで輪廻《りんね》が転生するかのように話は巡っていて、

「阿禅坊が白状したところによりますと、阿禅坊の話を買ったのは築出新地を仕切る大女将だと言うんです、帰山さん。どうですか、心当たりはありますか」

新吾の言葉に、貴三郎は得《え》たりとうなずき、

「さもあろう。それは鯨屋《くじらや》の女房お了という女だ」

自分の方の調べでも、お了は武家の出で、為八を袈裟《けさ》斬りにして段袋《だんぶくろ》の千両を奪った張本人であろうと、すでに目星《めぼし》はついているのだと貴三郎は言う。

「それじゃ帰山様、千両は鯨屋のどこかに隠してあるんでしょうか」

小りんが言うと、貴三郎はうなずき、

「恐らくな。それをこれから取り戻すつもりでいる」

「どうやって?」

小りんが重ねて聞く。

「おれに考えがある」

そう言ったきり、貴三郎はあえてその術策《じゅっさく》を明《あ》かそうとはせず、

「今はともかく、千両を手に入れることが主眼《しゅがん》だが、本物の拐しの犯科人《はんかにん》はお了ではないと思うぞ」

「はあ、実はわたしも薄々《うすうす》そんな気がしていましたよ。この一件、やけに欲にかられた脇役が多いのですな。それを一人ずつ消し去らねばいかんと思います」

新吾の言葉に、小りんも得心《とくしん》する。

「よいか、考えてもみろ。為八夫婦、それに勘兵衛、末吉、阿禅坊、鯨屋のお了、いずれもこの者たちは深草の言う脇役で、拐しに便乗《びんじょう》しただけなのだ。千両が灯《あか》りとするなら、彼奴《きゃっ》らはそれに集まる蛾《が》なのだ。千代《ちよ》をさらった人物は別にいるとおれは

思っている」

貴三郎が断じた。

小りんは新吾と見交わし、不安そうな表情で、

「千代ちゃん、どうしちゃったと思います、帰山様。さらわれてもう半月にもなるんですよ」

「それはここでいくら案じても詮方《せんかた》ないぞ。本物の犯科人しか知り得ぬことなのだ」

「ええ、そうなんですけどね、でもこっちは藁《わら》にでも縋《すが》りたい気持ちなものですから。もしかして妙《みょう》なことにでもなっていたらって、つい考えちゃうんですよ」

「よせ、小りん、そう悪い方にばかり考えるな」

新吾が小りんの危惧《きぐ》を打ち消す。

小りんは考えに浸《ひた》っていたが、

「あっ、それにあのことも気になりますね」

「どうした、小りん」

貴三郎が小りんに問うた。

「事件には直接関わりないと思うんですが、ひとつだけひっかかることが。帰山様に

こんな話をしていいものかどうか……」

「いいから言ってみろ」

貴三郎が話の先をうながす。

「以前に元矢之倉《もとやのくら》の古井戸でちょっとした騒ぎがありまして、井戸の底に何かが落ちてたことがあったんです。その場にいた鳶の衆やみんながてっきり千代ちゃんじゃないかと思って引き上げたら、只《ただ》の古びた人形でした。それでよかったんですけど、その時お島さんが居合《いあ》わせて、もの凄い形相《ぎょうそう》で古井戸を見ていたんです」

「古井戸を？」

貴三郎が興味をそそられた顔になる。

「あたし、そのことがずっと頭にひっかかっていました。ところが丑松《うしまつ》さんもおなじ思いだったらしく、近頃になってさり気なくお島さんに当たってみたんです。お島さん、千代ちゃんが戻らないんで今は仕方なく一人で燗酒売《かんざけう》りをやっています」

「それについてお島は何か言ったのか」

「いいえ、言いたくないと」

「言いたくない？」

貴三郎が疑念を覚える。

「きっとお島さん、古井戸にまつわる嫌な思い出でもあるんじゃないかと思うんです。でも拐しとは関わりないんで、追及するわけにも」

「わからんぞ、小りん」

「何がです？」

「どんな些末《さまつ》なことでも、この段階で篩《ふるい》にかけてしまうのは惜《お》しいと思うのだ。網からこぼれ落ちた砂のなかに、本筋につながる金の砂があるやも知れん」

貴三郎が言う。

「金の砂ですか」

「そうだ、たったひと粒のな」

「実はあたしの方もおなじような思いを」

「うむ？」

小りんがここを先途《せんど》と膝《ひざ》を進め、

「丑松さんとも相談しまして、一度お島さんを調べてみようかということになったんですよ」

「お島を調べるだと？」

貴三郎が言い、とんだ所へ話が飛び火したので新吾と唖然《あぜん》と見交わした。

「小りん、初耳ではないか。それはわたしも聞いてないぞ」

咎《とが》めるように新吾が言った。

「そうです。丑松さんとあたしとでこっそり決めたことなので」

「帰山さん、これは思いの外《ほか》のことですな」

「うむ、おれもお島に目を向けたことはなかった。それで小りん、丑松は今はどうしている」

「ですんでお島さんの言ったことを頼りに、前に住んでいた小川町《おがわまち》を訪ねて、亡くなった指物師《さしものし》のご亭主の件から調べてみようかと。でもこれって、変と言えば変ですよね、下手人でもないお島さんを調べるなんて。お島さんがわが子をどうこうするはずなんてないんですから。でもこれはあたしの性分《しょうぶん》でして、腑《ふ》に落ちないことがあると夜も眠れなくなるんです」

「それでよいのだ、小りん」

「いいんですか」

「哀《かな》しいかな、それがおれたちのお役だ。疑いの目はすべて周辺の者たちに向けねばならん。それでよいぞ」

「あっ、よかった。あたし、もしかして叱られると思ってはらはらしてたんです」

小りんが胸を撫《な》で下《お》ろす。

貴三郎と新吾は微苦笑《びくしょう》だ。

そこへ格子戸の開く音がし、「帰山様」と呼ぶ男の声が聞こえ、小りんが急いで玄関へ出て行った。小りんはすぐに戻って来て、一通の書状を手にしており、

「帰山様宛のものですけど、お奉行所へ届けられたものがこっちへ差し廻されてきたんです」

奉行所小者が書状を届けに来たと告《つ》げ、それから裏を返し、差出人の名を読んで小りんはきりっとした目になった。

「大変だわ、帰山様、嵐菊之丞《あらしきくのじょう》さんからですよ」

四

その木綿《もめん》の粗衣《そい》に、貴三郎は確かな憶《おぼ》えがあった。

初めてお島、千代母子を見た時、千代が着ていたものだった。それと同時に頬《ほお》がぷっくらして、唐人髷風《とうじんまげふう》の付け髷が可憐《かれん》な千代の顔まで思い浮かんできた。

菊之丞からの書状には、『急ぎお越し頂きたい』とだけ書いてあった。それでこうして新乗物町《しんのりものちょう》の家へ来てみると、奥の間で菊之丞とお扇《せん》が風呂敷《ふろしき》包みの千代の着物を前にし、沈痛《ちんつう》な面持ちで塞《ふさ》ぎ込んでいたのだ。

外はもう夜の帳《とばり》が降りていた。

「これは……」

貴三郎は二人を見て、張り詰めた声で言った。

菊之丞が重い口を開く。

「芝居がはねて帰って参りますと、玄関の所に置いてあったのです。包みを解いたら子供の着物だったんで、気味が悪くなって……」

お扇が後を継いで、

「七つ半（午後五時）頃に女中が玄関先を掃《は》いた時には、そんなものはなかったと言ってますから、わずかな隙《すき》を狙って何者かが。家の者は誰も怪《あや》しい人は見てないと言ってるんです」

「犯科人の仕業《しわざ》だとして、どういうつもりなのか」

粗衣を改めていた貴三郎が、険しい目になった。着物の袖《そで》の下に、鮮血《せんけつ》がべっとり付着していたのだ。

「血だ」

貴三郎のつぶやきに、それには気づかなかったらしい菊之丞とお扇が蒼白《そうはく》になった。

「か、帰山様、これはいったい……」

菊之丞が叫《さけ》ぶようにして言った。

それには答えず、貴三郎が粗衣の袂をまさぐって調べると、小さな結び文がぽろっと出てきた。直《ただ》ちに文を開いて文面を読む。

『もう千両　よういしろ』

そう書いてあった。

貴三郎が二人にそれを見せる。

「もう千両ですって?……ああっ、またしてもそんな」

衝撃を受け、菊之丞は血の道が上がって、

「前に取られた千両の上に、また千両だなんて。これじゃ際限《さいげん》がない。金の成る木があるじゃなし、どれだけあたしを苦しめればいいんだ、こんなことじゃ芝居はつづけられないよ。もう舞台なんか立てるものか」

菊之丞は誰にともなく言って烈《はげ》しく取り乱し、身も世もなく嘆《なげ》くうち、具合が悪くなってふらっと立ち上がり、

「お扇、床《とこ》を敷《し》いとくれ。あたしはもういけないよ。帰山様、今日のところはこれで失礼します」

「お、おまえさん、しっかりして下さいよ」

お扇が貴三郎に謝《あやま》り、菊之丞の躰《からだ》を支《ささ》えて出て行った。

貴三郎はその場に残り、さらに粗衣を調べていたが、文以上の発見はなく、着物を放って考えに耽《ふけ》った。

今の菊之丞の有様《ありよう》を見て、思い至《いた》ったことがあった。

(犯科人の狙いは千両ではない。本意は菊之丞を苦しめることにあるのではないのか。これで菊之丞はさらなる痛手を受け、少なくも明日の舞台には立てまい。そうこうしているうちに、たとえこの先無理をして舞台に立っても、芝居は上《うわ》の空でおろそかになり、客からしだいに見放されるようになる。そうなれば客の興味は別の役者に移り、菊之丞の人気の凋落《ちょうらく》は目に見えている。真にそれが狙いなら、犯科人の思う壺《つぼ》ということになる。これは怨《うら》み以外には考えられない。では菊之丞はどんな人の怨みを買ったというのだ……)

貴三郎が腹のなかで唸《うな》り、黙考《もっこう》しているとお扇が戻って来た。

「どうだ、菊之丞は」

「寝込んじまいましたねえ、明日の舞台は覚束《おぼつか》なくなりました」

お扇も衝撃が隠しきれず、深い溜息《ためいき》を吐《つ》きながら言う。

そこで貴三郎はお扇へ向かって態度を改めると、

「先の千両を賊にむざむざ奪われ、面目《めんもく》次第もない。かならずや取り戻すつもりだと言いたいところだが、またもやの千両、正直なところ、それがしにも現状ではなす術《すべ》がない。誠に相すまぬ」

一礼をする貴三郎に、お扇は慌てて、

「そんな、おやめ下さいまし、帰山様。頼みにしているこっちの気持ちに変わりはございませんので」

「うむ、そう言って貰《もら》えると助かる」

貴三郎はお扇を正視して、

「お内儀《ないぎ》、改めて聞きたいのだが」

「はい」

「菊之丞は昔に人の怨みを買っておらぬか。前にも聞いたが、本当に思い当たることはないのか」

お扇は少しの間考えめぐらし、複雑な表情になるが、それを打ち消すようにして、

「へえ、あたしの知る限りは……知り合う前のことはわかりませんけど、そんなに強引な人でもありませんし、性根も特別悪いとは。まっ、これは贔屓目《ひいきめ》ですけどね」

「一緒になる前、おまえは左褄《ひだりづま》を取っていたのだな」

「これでも深川の辰巳芸者《たつみげいしゃ》だったんです」

お扇が誇《ほこ》らしげに言う。

「その時、朋輩《ほうばい》と菊之丞を取り合ったとか、そういうことはなかったか」

「あればあたしがすぐにぴんときますよ。恋敵《こいがたき》も何もありゃしませんでした。おたがいに惚《ほ》れ合って、誰の邪魔も入らずに夫婦《めおと》になったんです」

「贔屓筋で菊之丞に懸想《けそう》しているような女はいないか」

「それもありませんね。贔屓筋の奥方連中はあたしとも親しいんですけど、でもうちの人ったら……」

何がおかしいのか、お扇はふっと苦笑《くしょう》を浮かべる。

「どうした」

「うちの人ときましたら、あたし以外の年増は嫌いなんですよ」

「若い娘が好みか」

「へえ、どちらかと言うと。贔屓筋の奥方の連れで年若い娘さんがいたりすると、あの人ったらもうそわそわしちゃって。変ですよねえ」

「…………」

貴三郎は不意に何も言わなくなった。

菊之丞の邸宅を出ると、路地の暗がりで小りんが月明りを頼りに石蹴りをして待っていた。

その姿を見て貴三郎が苦笑する。

「小りん、まるで子供みたいだぞ」

「あはっ、見られちまいましたか」

小りんは笑みを浮かべて寄って来ると、

「どうでしたか。何かあったんですか」

「大有りだ」

貴三郎が歩きだし、小りんがしたがう。

菊之丞の家に血のついた千代の着物が置かれていたことを告げ、今度は書付けに千両の要求が書かれていたことも明かす。

「えっ、また千両ですか」

小りんは混乱したように視線を泳がせ、

「血のついた着物をわざわざ送ってくるなんてどういうつもりなんでしょう。もしや本当に千代ちゃんは……」

「よせ、小りん」

そこで貴三郎は声をひそめて、

「お島の調べは丑松に任せ、おまえには別にやって貰いたいことがある」

「はい、なんなりと」

貴三郎が小りんの耳許《みみもと》に何やら秘密を囁《ささや》いた。

驚く小りんに、貴三郎が真顔を据《す》えてうなずき、

「よいな、頼むぞ」

「は、はい」

貴三郎は小りんと別れて歩きだす。

「帰山様は鯨屋へ戻るんですね」

「千両を取り戻すつもりだ」

背中で答え、貴三郎は立ち去った。

五

張見世《はりみせ》の女郎たちが群《むら》がる客に媚《こび》を売り、男らが野卑《やひ》な冗談を飛ばし、今宵《こよい》も築出新地は賑《にぎ》わっていた。

そのなかを色四郎が見廻って来ると、太鼓持《たいこも》ちのぽん助がすり寄って来て袖を引いた。

「おう、どうしたい、ぽん助。またお座敷がかからねえのか」

ぽん助は曖昧《あいまい》な、少しひきつったような笑《え》みで、

「そ、そりゃそうなんですけどね、旦那のお耳にちょいと入れたいことが」

「なんでえ」

「人目がありますんでこちらへ」

ぽん助は色四郎を路地の暗がりへ連れて行き、もじもじしながら、

「実はあたくしの知り合いの御用聞《ごようき》きから妙《みょう》なことを聞いたんですよ」

「どんなことだ」

「十日ばかり前に向こう岸で人殺しがあったの知ってますか」

「ああ、喧嘩のとばっちりかなんかだろ。深川じゃ珍しいこっちゃねえやな」

「違うんですよ。殺されたのはどっかの食い詰め者で、これが拐しをやって千両の身代金をせしめたんです。それを持って向こう岸まで逃げて来たところで、何者かにばっさりやられちまったみたいでして」

「その何者たあどんな奴だ、食いっぱぐれの浪人者か何かか」

「遠くから見ていた人がいましてね、斬ったのはどうも女じゃないかと」

「女……」

色四郎が疑惑の顔になった。

ぽん助はその様子をちらっと窺《うかが》いながら、

「物騒ですよねえ。深川にそんな女剣士がいて、強盗の上前《うわまえ》をはねるなんて世も末じゃござんせんか」

「…………」

「どうしました、旦那」

「食い詰め者は殺されて、千両は出てこねえんだな」

色四郎が念押しする。

「そうなんですよ、なんぞ旦那の方にお心当たりでも？」

「そんなものあるわけねえだろ」

色四郎は怒ったような口調《くちょう》で言い、

「いいか、おめえは余計なことに首を突っ込まねえで芸事《げいごと》に精進《しょうじん》してりゃいいんだ。わかったな」

「へい」

「よし、じゃ今の話は忘れろ」

「そ、そういうわけにも……」

色四郎は舌打ちして財布から銭をわしづかみにし、それをぽん助につかませて身をひるがえした。

「なはっ、どうも、旦那」

色四郎の背に言い、銭をほくほく顔で数えるぽん助の横に、暗がりから現れた貴三郎が立った。

「よくやってくれた、礼を言うぞ、ぽん太」

「いえ、ぽん助です。冷や汗ものでしたよ。あたしゃ昔から色四郎旦那が苦手でして。話してると胃の腑が痛くなるんです。けど女剣士の話は本当なんですか。この築出新地にそんな女いませんよ」

「このことは忘れてくれ」

「そ、そういうわけにも……」

ぽん助がさり気なく手を出すと、それを無視して貴三郎は消えた。

「あら、甘くないんですね……」

ぽん助は独りごちる。

色四郎は母屋《おもや》へ戻ると、小部屋に弥十《やじゅう》、長吉《ちょうきち》、捨松《すてまつ》を呼び集めて下知《げじ》を飛ばしていた。

「お了はおれが見張る。おめえらはお了の息のかかった吉田屋《よしだや》の小つま、春木楼のお京《きょう》から目を離すな。この三人がつるんでることたわかってるんだ」

弥十が解《げ》せない顔で、

「小つまやお京はともかく、どうして旦那が女将さんを見張らなくちゃならねえんです。腹割って下せえよ、三人がつるんで何をやったってんですか」

「やかましい、おめえらに説明はいらねえ。黙《だま》って言われた通りのことをやってりゃいいんだ」

「へえ、ですが……」

言いかけた弥十が色四郎に睨《にら》まれ、口を噤《つぐ》んだ。

「いいな、わかったな」

色四郎に言われ、三人が声をそろえて「へい」と答える。

「お了が二人と会ってどんな話をするのか、またどこへ行ったか、どんなことでもいいから教えろ」

長吉が膝頭《ひざがしら》を進め、

「よくわかりやした、ところで旦那」

「なんだ」

「帰山って、例の用心棒のことなんですが」

「奴がどうした」

「なんのために置いてるんです、役に立ってるとは思えねえんですが」

長吉の言葉に、弥十もうなずき、

「旦那はどう思っていなさるんで？」

「それを聞いてどうする」

「あの野郎、どうにもこうにもうさん臭くってなりやせん。はっきり言ってこちとらの目障《めざわ》りなんで」

長吉がつづける。

「どう目障りなんだ」

「そのう、なんつうか、いたと思ったらいなかったり、いねえと思ったらすぐそばにいたり、気障《きざわ》りでならねえんでさ」

「気障りどころか薄っ気味悪いんですよ、旦那、なんとかなりやせんか」

捨松も口添《くちぞ》えする。

「こっから追い出せってか」

それには弥十もうなずき、

「新地の用心棒はあっしらで充分ですぜ、なあ、みんな」

長吉、捨松も「そうだそうだ」と言う。

するとと色四郎はせせら笑って、

「わかってねえな、おめえら」

三人が色四郎の次の言葉を待つ。

「あれはいい男よ、あいつがいてくれるお蔭《かげ》でおれぁ安心していられる。目障り、気障りなんぞとは思ったこともねえぜ」

ここでの貴三郎は親玉の色四郎には厚く、ごろつきの子分どもには薄い。つまりそれがこうした伏魔殿《ふくまでん》のなかでの、うまい泳ぎ方なのだ。

六

お島が長谷川町《はせがわちょう》以前に住んでいたという神田小川町《かんだおがわちょう》へ赴《おもむ》き、丑松はようやく毘沙《びしゃ》門長屋《もんながや》を探し当てた。

それまでに二つ三つの長屋を当たったが該当《がいとう》せず、毘沙門長屋は御堀《おほり》に面し、雉子《きじ》橋《ばし》寄りにある小規模な四軒長屋であった。

眼前には千代田《ちよだ》のお城が、美しい姿で隆《りゅう》として聳《そび》え立っている。

丑松は貴三郎たちのように手札《てふだ》を与えられておらず、ましてや十手《じって》もないから、このような聞き込みの時は「お上《かみ》の手先《てさき》」ということで話を聞くことになっている。長屋の井戸端で中年のかみさん二人が洗い物をしていたので、そこへ寄って行って丑松は身分を告げ、母子のことを尋《たず》ねた。

するとかみさん二人は不明な顔で見交わし合い、

「お島さん……そんな人いたっけ？」

肥《ふと》った方が言えば、痩《や》せた方も首を傾《かし》げ、「さあ、あたしゃ憶えがないねえ」

丑松は焦《あせ》ったようになって、

「そんなはずはねえぜ、お島さんは今は長谷川町に住んでるんだけどよ、その一年ばかりめえにここにいたと言ってるんだ。御用の筋《すじ》だから詳《くわ》しい話はできねえんだが、お島さんがいつ頃ここにいたかってことがでえじなんだよ」

話の辻褄《つじつま》が合うよう、丑松は言い繕《つくろ》う。かみさんらが納得したかどうかはわからない。

「一年前ならあたしゃいましたよ、でもそんな人は」

痩せたのが言い、肥った方も、

「あたしだってそのもっと前からいるけど、お島さんなんて人は知らないねえ」

丑松は目の前がくらっとなりそうになり、

「ちょっと待ってくれよ、前に住んでた所なんてごまかすわけねえだろ。そんなことしてなんの得があるんだ」

「だって知らないものは言いようがないじゃないか」

肥ったのが言うところへ、初老のかみさんが買物から帰って来た。

「あっ、丁度《ちょうど》よかった、古株のお杉《すぎ》さんに聞きゃなんだってわかるよ」

肥ったのはお杉と呼んだ女に、「こちら、お上の人なんだ」と言っておき、

「ねえ、ここにあたしたちが来る前にお島さんて人住んでたかい」

お杉は少し考え、

「お島さん、お島さん……」

思案するお杉に丑松が言い添え、お島の人相、年格好を告げる。

「ああ、その人だったらお絹さんじゃないのかえ」

「いや、違うよ、お島さんなんだ」

「お絹さんだよ」

「おっかしいなあ……」

丑松が考え込む。

「お絹さんなら五年ほど前までこの家にいたんだよ」

お杉が一軒の家を指《さ》して、

「その後二代くらい代わって、今は独りもんが住んでるけど」

「五年めえ……」

丑松がつぶやき、解せない思いに駆《か》られた。貴三郎たちから聞いた話では、お島母子は長谷川町に住んで一年、その前だから一年前まではここにいたはずなのだ。お島が五年と一年を間違えるとは思えない。

丑松はお杉の方を向いて、

「それじゃ聞くけど、お絹って人のご亭主はどうしたい。一緒にいたんだろ。千代って女の子と三人で暮らしてたはずなんだ」

お杉が否定して、

「それも違うね」

「へっ？　違うって何が」

「子供の名前だよ。千代じゃなくて加代っていって、七つ八つの可愛い子だった。けどご亭主の方は……」・

お杉が表情を曇《くも》らせる。

「指物師をやってた真面目《まじめ》な人だったけど、病気んなっちまったんだよ。一年くらい寝込んだ末に、とうとう……」

「どうしたい」

「亡くなったのか」

お杉は目を落として、

「加代ちゃんと一緒に、お絹さんの嘆《なげ》きようったらなくて、あたしも気の毒でならなかった」

「じゃお絹さんはどうやって食ってたんだ。小せえ子を抱《かか》えて働きに出るわけにもいくめえ」

「仕立物の賃仕事をやって細々と食べていたよ。出掛ける時はあたしたちに子供を預けてね」

お杉は丑松の肩をぽんと叩き、

「それとね、お絹さんにゃ清次郎《せいじろう》さんて兄さんがいたんだ。よく訪ねて来て、母子《おやこ》の面倒を見ていたのさ」

「その清次郎って人はどこに行きゃ会えるかな」

「さあ、知らないよ、聞いたことないし。なんでも船頭《せんどう》さんをやってたんじゃなかったかねえ」

「船宿の船頭か、それとも渡し船かな」

「わかんない、そんなことまでは。でも清次郎さんはとてもいい人で、男気があってね、お絹さんとの兄妹仲が凄くよかったのを憶えてるよ。来るたんびに加代ちゃんに着る物やおもちゃなんぞを買い与えて、父親の代わりをやってたのさ。船頭さんは実《み》入《い》りがいいって聞くから、妹の暮らしの方も助けてやってたんじゃないのかえ」

「それじゃいいか、五年前までお絹、加代母子がここにいたことは確かだとして、その後はどこへ越してったかわからねえかな」

「あたしに憶えがないから、きっとお島さん言わなかったんだろうよ。後は自身番《じしんばん》の人別帳《にんべつちょう》ででも調べるしかないんじゃないのかい」

（そりゃそうだけどよ……）

丑松のなかでは、お島、千代、そしてお絹、加代の名がぐるぐると廻っていた。七、八歳の女の子を持ち、指物師の亭主がいたという経歴はお島の話にぴたりと符合する。あながち別人とは思えない。そこから類推して、お島はわけあって名を偽っていて、本名はお絹ではないのか。子の名も千代から加代なら、なんとなく得心がいく。それより何より丑松が疑心を強くしたのは、兄清次郎の存在だった。確かお島は貴三郎に、ふた親に次いで兄もこの世にいないようなことを言っていたのではなかったか。実は清次郎は生きていて、今もお島になんらかの助力をしているのかも知れない。

お島、千代の転居先を突きとめることも大事だが、もうひとつ、清次郎探しもしなければと思った。

といっても、江戸にはご府内だけでも縦横《じゅうおう》に御堀や運河がめぐり、大川《おおかわ》や荒川《あらかわ》などの河川を入れたら数えきれず、船舶に従事《じゅうじ》する船頭の数は千人は下《くだ》るまいと思われる。そのなかからお島の兄をどうやって探すのか。

七

築出新地の母屋で、古着屋がお了に金高を算盤《そろばん》に入れ、「こんなところで如何《いかが》で」と言うと、お了は「もう少し勉強しておくれな」と拗《す》ねたような目をくれて言った。縁側でのやりとりだ。古着屋は「ははあ」と思案し、少し上積みしてまた算盤を入れ、「それじゃこれで」と一歩も引かぬ顔で言う。

お了がそれで折り合うと、古着屋は財布から一両二分ほどを取り出して支払い、数十枚の着物を風呂敷に詰め、それを小僧に担《かつ》がせて庭先から出て行った。

お了が立って居室から出かかると、唐紙《からかみ》が開いて色四郎が入って来た。

色四郎がぶら下げているものを見て、お了の顔色がすっと変わった。

それは金糸銀糸で縫《ぬ》い込まれた刀袋で、なかにはお了の小太刀《こたち》が入っているのである。

「土蔵のおめえの長持《ながもち》んなかから、こいつを見つけたぜ」

お了は無表情に押し黙っている。

「女房の持ち物を勝手に調べるなんざ、下種《げす》な亭主と思うかも知れねえな。けどおれとしちゃあ、やむにやまれねえ気持ちなんだよ」

「…………」

「これでよくわかったぜ、お了。おめえはそうじゃねえと言い張ってたが、この小太刀はなかなかのもんだ。武家筋のものよ。おれっちが持っている長脇差《ながどす》なんぞとはわけが違わあ。しかも抜いて驚きだ。こいつぁ血を吸ってるじゃねえか。それもそんな昔じゃねえ。誰かをばっさりやった証《あかし》に刃は曇ってるぜ」

「…………」

「それに今の古着屋はなんでえ。おれが買ってやった安くねえ着物を売っぱらって金に替えて、どうするつもりなんだ」

「あたしの気まぐれさね。みんなもう飽《あ》きちまったんだよ。おまえさんに新しいのを誂《あつら》えて貰おうと思ってね」

お了がごまかすように色気のある目をくれても、いつもなら表情を弛《ゆる》ませるところを、今日の色四郎は硬い顔のままで、

「千両、どこへ隠した」

射貫《いぬ》くような目でずばり言った。

お了は表情を変えず、

「千両？　そりゃいったいなんのことさ」

「ふざけるな、ねたは上がってるんだ。半月ばかりめえに向こう岸で千両抱《かか》えた男が斬り殺された。残ったな死げえだけで、千両は消えちまったんだよ。おめえの仕業だろうが」

「何を言ってるんだい、そんなことあたしゃ知らないね。女房問い詰めてどうすんのさ」

お了は強硬《きょうこう》に言い張る。

「おめえは鏡心一刀流の使い手だ。拐しの犯科人をぶった斬るなんざ、造作《ぞうさ》もあるめえ」

「…………」

「千両を手に入れたんでこんな所にゃもう用はねえ、たった今着物を売っ飛ばしたのもこっから消えるつもりだろう。そんなうまくいくと思ってやがるのか」

「嫌だ、おまえさんたらとんでもない勘違いをしている。誰にそんなことを吹き込まれたんだい。あのごろつきどもかい」

「おめえは情《じょう》のねえ女だ、それを知っていながらおれぁ……流れ者のおめえを拾ってやって、こんなぬくぬくとした暮らしをさせて。人が好いにもほどがあるよな。てめえでも呆《あき》れる時があるぜ」

突っ張った口調とは裏腹に、色四郎はお了に惚《ほ》れた弱みを垣間《かいま》見せる。

「おまえさんへの感謝は一度も忘れたことはないよ。後生《ごしょう》だから思い違いを改めとくれ」

「どこへずらかるつもりだ」

「そんなこと考えてないって」

「いいや、そうはさせねえぞ、こっから出てくのは勝手だが千両は置いていけ」

欲得《よくとく》なのか未練《みれん》なのか、色四郎は自分でもどっちなのかわからなくなってきた。しかし格別《かくべつ》金に困っていなくとも、千両は誰にとっても魅力的なのだ。

「いい加減にしておくれ、馬鹿馬鹿しくて話にならないね。あたしゃどこへも行きゃしないからさ」

お了は色四郎にすり寄り、躰を密着させ、そっと手を伸ばして小太刀に触《ふ》れると、

「これ、返しとくれな」

色四郎は手放さない。

お了がふっと溜息をついて、

「わかった。武家の出なことは認める。でもそれはずっと昔の話で、あたしの家はもうとっくに落ちぶれてなくなっているのさ。この太刀は娘の頃に父親から貰ったもので、唯《ただ》ひとつの形見なんだ。大事にしてたから土蔵にしまっといたんじゃないか」

「刃が血を吸ってるわけはどう説明する」

疑いを捨てきれず、色四郎が食い下がる。

「野良犬を斬り殺したんだよ。庭に入って来てあたしに向かって来たから、仕方なかったのさ」

「犬の死げえなんぞなかったぞ、この嘘つき阿魔《あま》が」

「捨てたわよ、海まで引きずってって」

お了は色四郎の耳許で囁くように言い、彼の下腹部にやんわり触れた。

「色仕掛けでごまかそうったってそうはいかねえんだ」

お了がとろりと甘い蜜《みつ》の声で、

「もういいから、ごたごた言わないどくれ。あたし、その気になってるんだからさ。わかるだろ」

二人の視線が間近で絡み合った。

「この野郎、おめえの性根は腐《くさ》っていやがるぞ」

「おまえさんほどじゃないよ」

「なんだと」

かっとなって何か言いかける色四郎の口を、お了が背伸びして奪った。

やがて色四郎の手からぽとりと小太刀が落ちた。

八

それから四半刻（三十分）後——。

色四郎が居室から出て行くのを見澄まし、お了は母屋を出て張見世の方へ向かった。

空はもはや茜色《あかねいろ》に染まっている。

張見世の前は今宵も客が群れ、賑わいが始まっていた。

お了が足早に来て、客の間から顔を覗かせて吉田屋の小つま、春木楼のお京に目配せして行った。

路地の奥の用水桶《ようすいおけ》の前でお了が待っていると、やがて見世を抜け出した小つまとお京がやって来た。

三人は人目を憚《はばか》り、さらに物陰へ隠れるようにして、

「今宵子《ね》の刻（午前零時）にこっから抜けるよ」

お了が緊迫《きんぱく》した面持ちで言うと、小つまとお京はそれがあまりに唐突《とうとつ》なので、困惑の目で見交わし、

「また急ですね、女将さん」

小つまが言った。

「何もかもうちの人に気づかれちまった。だからもうここにゃいらんない、わかるだろ」

「でも、あたし……」

言いかけるお京の頰を、お了がぱしっと張った。

「今さら何言ってるんだい、この期《ご》に及んで四の五の言わせないよ」

お了に睨まれ、二人は口を噤んだ。

「じゃ最後の女郎稼業だ、しっかりやっといで。泊まりは断るんだよ」

言い捨ててお了が立ち去り、小つまとお京も行きかけるが、どちらからともなく顔を見合わせて立ち止まり、

「どうする、お京ちゃん」

「あたし、あたし……」

お京は烈しく逡巡《しゅんじゅん》して、

「ここから出るのはいいけど、女将さんについて駿河まで行くのは……そんな遠くへ行きたくないわ。どうせ足抜けするんなら在所《ざいしょ》の千住《せんじゅ》に帰りたい」

「駄目よ、在所じゃすぐに追手がかかっちまう。それよりお京ちゃん」

「えっ？」

小つまがお京に寄って、

「横取りしようよ、千両」

お京がきらっと小つまを見た。

「じゃ女将さんは？」

「二人で叩きのめすんだ、千両ぶん捕った後のことなんて知ったこっちゃないわよ。どうなの、やるのやらないの。大金が手に入ったら夢のような暮らしが待ってるのよ」

小つまに囁かれ、お京はにっこり笑って、

「あんたと一緒なら何も怕《こわ》くないわね」

「そうよ、うまくやろうよ」

その後二人はさらに密談《みつだん》を交わし、そそくさと消え去った。

すると――。

離れた暗がりに潜み、弥十が一部始終を見ていた。会話は聞き取れなかったものの、女たちの只ならぬやりとりに、弥十はすばやく踵《きびす》を返した。

そうして誰もいなくなった路地の奥に、さらに貴三郎の黒い影が蠢《うごめ》いた。貴三郎は女たちの近くにいたのだ。

すべてを見聞《みきき》し、貴三郎の眉が満足げにぴくりと動いた。こうして事態が動いたのは、貴三郎が工作し、掻《か》き廻したからである。

（今宵子の刻に決着するのだな）

胸の内に刻むようにつぶやいた。

九

築出新地が書入れ時を迎えていた頃――。

臥《ふ》せっていた嵐菊之丞は、床からむっくりと半身を起こした。半睡半醒《はんすいはんせい》のまま、首筋にべっとりと不快な汗を掻いている。

新乗物町の菊之丞の邸宅、奥の間である。

家のなかはしんとして、お扇もどこかへ出払っているようだ。

変事がうちつづき、最後の留《とど》めのようにして『もう千両』を犯科人から要求され、それから血の気が引くようにして立っていられなくなった。飯も喉を通らず、酒の量だけはいたずらに増した。

例によって身代金受け渡しの日時も場所も書かれてないから、どうにもやりようがなかった。

再度の身代金千両の要求は、金主《きんしゅ》の越前屋《えちぜんや》茂兵衛《もへえ》にも打ち明けられず、そのことはお扇にきつく口止めしてあった。それで躰の具合が思わしくないという理由で、今月の舞台は代役を立てて休場することにした。

それからこの数日、床に臥せったままの生活がつづき、覇気《はき》もなくなり、菊之丞は本物の病人のようになってしまった。不安や焦燥感《しょうそうかん》に苛《さいな》まれ、悪夢に苦しめられつづけ、目が覚めればあらぬことに心が砕《くだ》かれ、張り裂けるような思いがして何度も叫びたい衝動に駆られた。いても立ってもいられないとはこのことだと思った。

小鈴を鳴らせて女中を呼び、お扇はどうしたと聞くと、贔屓筋の奥方連につき合って深川まで出掛けたということだった。お扇なりに贔屓客の心証《しんしょう》を考え、つないでいてくれているのだ。

（こんなことをしていてはいけない）

心が警鐘《けいしょう》を鳴らしていた。

この現状を打開《だかい》するには、今まで避けてきたことに向き合わねばならない。おのれの優柔不断な気性は承知していたが、もう逃げることはやめようと決意した。これまでは何事もお扇任せでやってきたが、それももはや限界なのだ。

寝巻を脱ぎ捨て、外出着に着替えた。

顔も身分も隠したいから、地味な小袖を選び、目鼻だけを出した黒の頰隠し頭巾《ずきん》をすっぽり頭から被った。これなら天下の嵐菊之丞とは誰も思うまい。

そうして菊之丞は邸宅をそっと抜け出し、ほっつき歩くことになった。お島とやらに会うためである。

彼女の情報はお扇が伝えてくれ、菊之丞にはわかっていた。

子供が帰らぬまま、独《ひと》りで長谷川町の長屋にもいられず、お島は近頃ではまた燗酒売りに出ているという。

その場所も、荒布橋《あらめばし》、親仁橋《おやじばし》、思案橋《しあんばし》、小網町界隈《こあみちょうかいわい》のどこかだと聞いた。

お扇もお島のことが気になっていて、見届けていたのだ。

暖かな晩だったが、菊之丞の心は冷えていた。前から人が来ると、とっさに頭巾の顔を伏せて行き過ぎた。

お島に会って何を話すつもりか、目算など何もなかった。悪いのはこの悪意に満ちた犯科人なのだから、お島を責めることはできない。しかし立場は違えど、この苦しい胸の内を語り合えるのはお島しかいないと思った。

菊之丞は心の突破口を求めていた。

荒布橋の袂に燗酒売りの赤提灯《あかちょうちん》が見えた。

客が二人ほど明樽《あきだる》に掛けていて、その前で立ち働く女のしなやかな肢体《したい》が見えている。

（あの人がお島さんに違いない）

心が逸《はや》り、菊之丞は道を急いだ。近くまで来ると、お島の顔がはっきり見えた。

だがそのお島を見て、

（ええっ、そんな……）

菊之丞は驚愕《きょうがく》し、目を疑った。

とっさに柳の陰に隠れ、食い入るようにお島を凝視《ぎょうし》した。

やつれて少し老けて見えたが、菊之丞の知っているあの女に間違いなかった。

（そ、そうだったのか、そういうことだったのか）

めくるめくような思いのなかで、何もかもわかった気がした。深い悔恨《かいこん》の念に胸が痛んだが、それも束《つか》の間《ま》で、真相を突きとめたところで菊之丞はすぐさま立ち直った。

（これはとんでもないことだ、どっこいそうはいかないよ。今日まで築いてきたものを壊されてなるものか。あたしは負けない。負けるものか）

切歯《せっし》の目で退《しりぞ》き、菊之丞は逃げるようにその場を離れた。足早に行きながら頭巾を取り外した。

すると——。

なぜか頰には別人のような、邪悪ともいえる気味の悪い笑みが浮かんでいたのである。

十

築出新地の裏は渺茫《びょうぼう》たる海原《うなばら》で、切り立った崖《がけ》の横にへばりつくようにして一本の細い道が通っていた。波濤《はとう》が打ち寄せているがそれは音だけで、子の刻の今は真っ暗で何も見えない。崖の下には何艘《なんそう》かの廃船がつないであって、音を軋《きし》ませていた。

お了が小つまとお京をしたがえ、一本道を小走って来た。

お了は刀袋を取り外《はず》した小太刀を携《たずさ》えている。

三人とも闇に溶ける黒っぽい小袖姿だ。

漆黒《しっこく》に目を凝らし、杭《くい》につながれた荒縄を目印にして、お了が「あれだよ」と言って二人に指図《さしず》した。

小つまとお京が共に腹這《はらば》いになり、袖口を海水で濡らしながら荒縄をたぐり寄せ、隠してある物を引き上げた。為八から奪った段袋《だんぶくろ》が姿を現す。

水を吸い込んだ段袋は中身の小判と相まってずっしり重く、二人は苦労してそれを足許《あしもと》まで引き寄せた。

それまで見守っていたお了が近寄り、邪険《じゃけん》に二人を押しのけて段袋に取りつき、袋の口を開けてなかを開いた。海水に浸った小判がぎっしり詰まっている。

「これだよ、これに勝《まさ》るものはないね。こいつがあたしたちの運命を変えてくれるんだ」

「山分けしてくれるんですよね、女将さん」

背後で小つまの声がした。

お了は動きを止めて沈黙する。小つまの口調に尋常《じんじょう》ならざるものを感じ取ったのだ。

次いでお京が言った。

「あたしたちを人足《にんそく》みたいにこき使うだけこき使って、どっかへぽいするつもりなんじゃありませんか」

「そうですよ、女将さんはきっとその金を独り占めしようと思案している。違いますか」

お了が立ち上がり、二人に向き合った。

いつの間にか、小つまとお京の手には匕首《あいくち》が握られている。

「そうかい、それがおまえたちの答えかい。このあたしが特別目を掛けてやった恩を忘れて、よくもそんなことができるもんだ。この千両が目当てなんだね」

「そうですよ。それをお京ちゃんと仲良く山分けして、後腐《あとくさ》れなくこっからおさらばするんです」

「おまえたちを連れて来た女衒《ぜげん》が言っていたね。二人とも人を疵《きず》つけて逃げ廻っていた昔を背負ってるけど、それでもいいかってさ。だからあたしは、まともな娘たちじゃないことを承知の上で引き取った。あたしがやさしくしてやったらおまえたちはすぐに尻尾《しっぽ》をふってなついてきた。だからはなっから手下にするつもりだったのさ、こういう時のためにね。それが牙《きば》を剝いちゃいけないよ、飼犬が主に嚙《か》みついてどうすんのさ」

「金は人を狂わせるんですね」

お京が言って、刃《やいば》を向けてじりりっと近づいた。

小つまも間合いを詰めながら、

「女将さんだってあたしたちのことをとやかく言える筋合いじゃないでしょ。拐しの犯科人が逃げて来て、それをこっち岸から見ていて、すぐにぶん捕ることを思い立った女将さんはとてもまともな女じゃありませんよ。あたしたちも欲にかられて乗っかっちまいましたけど、あの時は女将さんの本性を見た思いがしましたね」

「そうよ、だから女将さんみたいな危ない女とは一緒にいたくないんです」

叫ぶようにお京が言った。

「わかった、それならそれでいいよ。けどこの千両は渡せないからね。二人して新地から手ぶらで出てお行き。あたしの言うことが聞けないんなら、腕の一本も斬り落としてやろうか」

お了が小太刀を鞘走《さやばし》らせ、ぎらりと白刃を抜いた。

双方が烈しく睨み合って対峙《たいじ》する。

小つまとお京が気合いを発し、同時にお了めがけて突進して来た。

その二人にざぶっと波濤が被さった。

お了がすばやく小太刀を閃《ひらめ》かす。

白刃と白刃が激突した。

「くたばれ」

お了が吠《ほ》えて小太刀を一閃《いっせん》、二閃させた。

二人はそれを躱《かわ》し損《そこ》ない、足許を踏み外して共に道から海へ、絶叫を残して落ちて行った。

お了が覗き込むと、二人は叫んで足掻《あが》いていたがやがて海中に没《ぼっ》し、何も見えなくなって声も途絶《とだ》えた。

「ふん、出来損ないが」

悪態をつき、お了は小太刀を鞘に納め、重い段袋を抱《かか》えて歩きだした。だがそこで凍《こお》りついた顔になり、歩を止めた。

色四郎が弥十、長吉、捨松をしたがえ、目を爛々《らんらん》と光らせて一本道を駆けて来たのだ。四人が一斉に長脇差を抜き放つ。

「やい、お了、遂《つい》に馬脚《ばきゃく》を露《あらわ》しやがったな。その袋に千両がへえってるのか。こっちへ寄こせ。そうすりゃ命まで取ろうた言わねえ」

「やかましいよ、おまえさん。浮世の縁もこれまでだ。四代つづいた鯨屋もおしまいだねえ」

「じゃかあしい」

色四郎が鋭くうながし、弥十、長吉、捨松がやみくもに殺到した。

お了が烈しく応戦した。白刃をぶつからせて捨松の片腕を斬り、長吉の肩先に白刃を走らせる。二人が共に鮮血を噴出《ふんしゅつ》させ、叫んで転げ廻った。それを見ていた弥十は恐怖にわけのわからないことを口走り、一本道を逃げて行く。弥十を追って、血まみれの長吉と捨松も消え去った。

お了は小太刀を構え直し、一直線に色四郎へ向かう。

色四郎は逃《に》げ惑《まど》い、おたついてへたばり、その場にひれ伏して、

「よせ、やめろ、てめえ亭主に刃を向ける気か」

「おまえみたいな男は亭主でもなんでもないよ。生かしといたら面倒だからね、口を

封《ふう》じてやる」

お了が小太刀をふり被った。

その時、忽然《こつぜん》と貴三郎の黒い影が現れ、色四郎を庇い立った。

お了は張り詰めた目で貴三郎を見ると、

「あ、あんた……邪魔するんならあんたも容赦《ようしゃ》しないよ」

「掛かって来い」

貴三郎は素手で身構える。

色四郎が一方にばたばたと避難して、

「帰山さん、やっちまってくれ。その毒婦《どくふ》をひと思いにやっちまってくれよ」

そう言った色四郎が、女の声を耳にして海の方を見た。

新吾が両腕に小つまとお京の襟首《えりくび》をつかんで引き上げ、岸辺へ辿《たど》り着いたのだ。ずぶ濡れの三人はその場にへたばり、喘《あえ》いでいる。

貴三郎がお了と対峙しながら声を掛けた。

「大事ないか、深草」

「心配無用です」

新吾が切れぎれの声で答える。

貴三郎がお了を睨み据え、迫った。

「笠原菊」

名を呼ばれ、お了は鋭く反応する。

「調べたのかい、あたしのこと」

「ご同役の村木彦馬殿が何もかも話してくれたぞ。零落《れいらく》したからとて、人としての矜持《きょうじ》を忘れてはならんのだ。道を誤ったな、その方は」

「あんたにあたしの何がわかるってのさ。たった一人で岸辺まで泳ぎ着くのは並大抵じゃなかった。心も荒れたし顔も変わった。そんな時に目の前にお宝があったら、あんただったらどうする」

「どうもせぬ、人のものに手は出さぬぞ」

「ほざくんじゃないよ」

お了は決死で白刃を閃かすも敵ではなく、貴三郎に手刀で小太刀を叩き落とされ、当て身を食らって崩れ落ちた。

すかさず貴三郎がお了に腰から引き抜いた捕縄を打つ。

お了は怨念《おんねん》の目で貴三郎を睨み、「畜生《ちくしょう》、畜生」と地べたを叩いて嘆《なげ》き悲しみ、大きな声で泣き喚《わめ》いた。

その嘆《なげ》きと悔《くや》しさは無理もないのである。

第四章　古井戸

一

江戸時代は戸籍簿《こせきぼ》のことを人別帳《にんべつちょう》と呼び、当初《とうしょ》は御禁制《ごきんせい》の切支丹門徒《きりしたんもんと》を吟味《ぎんみ》するために設《もう》けられたものだが、享保《きょうほう》以降は人口調査が主眼《しゅがん》となって慣例化《かんれいか》した。

毎年四月に人別帳三部を作製し、町年寄《まちどしより》を通じて南北両町奉行所に一部ずつを提出し、一部は町年寄が保管する。自身番《じしんばん》にある人別帳はそれの写しである。

人別帳には家持ち（地主）、家主《いえぬし》、地借、店借《たながり》共々、本人は元より、家族、召使、同居人に至るまで、細大漏《も》らさず書き入れねばならない。記入事項は生国《しょうごく》、菩提寺《ぼだいじ》、性別、年齢まで、実に詳細《しょうさい》だ。

人別帳は六年ごとに作製し、これに記載されない者は無宿者《むしゅくもの》とされた。無宿者とは家のない宿無しのことだから、そうなるとまともな仕事に就《つ》けなくなり、社会生活も限られてしまう。

転入、転出の届けも然《しか》りで、その記載がなければ無宿者ということになる。

たとえ十手《じって》や手札《てふだ》はなくとも、丑松《うしまつ》はそれなりに自身番の家主たちに顔が知られ、人別帳で調べたいことがあればすぐに融通《ゆうずう》が利《き》いた。

神田小川町《かんだおがわちょう》の自身番は初めてだったが、懇意《こんい》にしている他町の家主からの添状《そえじょう》があり、お島《しま》の転出、転入は間もなく知れた。

いや、丑松が推察した通り、人別帳にお島、千代の母子は存在せず、やはりお絹、加代であったのだ。

それによると、お絹は五年前に毘沙門長屋《びしゃもんながや》を娘の加代と共に転出し、次なる転入先は巣鴨《すがも》の王子村《おうじむら》となっていた。

王子村は日光御成道《にっこうおなりみち》にあって、桜の名所の飛鳥山《あすかやま》を控《ひか》え、また王子権現社《ごんげんしゃ》でも名高い。

王子権現社の稲荷社《いなりしゃ》は、関八州《かんはっしゅう》のそれの総元締《そうもとじめ》なのである。

毎年大晦日《おおみそか》の夜には関東の狐《きつね》全員が王子に集まるので、狐火が盛《さか》んに見えると言い伝えられている。狐火はあたかも松明《たいまつ》が並んだようで、それが野辺《のべ》や川辺を粛然《しゅくぜん》と通過して行くらしい。まるで狐の嫁入り行列のようで、土地の者はそれによって翌年の豊凶《ほうきょう》を占うという。嘘か真《まこと》かわからないのだが。

王子村を訪れたその日は若葉が繁《しげ》り、丑松は結構な風景を眩《まばゆ》い思いで見ながら、それでも気が急《せ》いているから足早に歩いていた。

ここいらは日本橋から二里八丁という道のりで、板橋宿もあるから、江戸者にとっては親しみやすい土地だ。

権現様への参拝客が多くて賑《にぎ》わい、食い物屋や露店が並び、どこからか醬油《しょうゆ》垂《だ》れや黄粉《きなこ》の香ばしい匂いもしているので、浅草《あさくさ》や両国《りょうごく》と間違えそうだ。

丑松は自身番を見つけて立ち寄り、身分を告げた上で、五年前に当地へ越して来たお絹母子の消息を調べて貰《もら》った。

老《お》いた家主が旧《ふる》い人別帳を調べてくれ、お絹母子は去年まで、石神井川《しゃくじいがわ》の近くの金《こん》剛長屋《ごうながや》に住んでいたことが判明した。ところが長屋はその後取り壊しとなり、今はもうないという。

丑松はがっくりきたが、そこに住んでいた頃のお絹母子の様子をどうしても知りたく、王子村の長屋の跡地を目指《めざ》した。

亭主を亡くしたお島が千代とどのように暮らしていたのか、一年前に金剛長屋を出るまでの間に何事もなかったのか、近所の人はいるだろうからそれを聞きたいのである。

王子村へ入ったところで、丑松は思わぬ人と出くわした。

小りんである。

その奇遇《きぐう》に丑松は驚き、捕物仲間だけにまた嬉《うれ》しいような気分にもなって、

「小りんさん、こんな所で何してるんだい。まさかおいらを慕《した》って、後をつけて来たわけじゃあるめえな」

丑松の戯《ざ》れ言《ごと》に、小りんは失笑《しっしょう》して、

「違いますよ、丑松さん。あたしは帰山《かえりやま》様に言われてあることを調べてましてね、それでこの王子村に。おまえさんこそどうしてここへ」

小りんに問われ、丑松はお島母子の足跡を辿《たど》り、小川町の毘沙門長屋から王子村へ来たまでの経緯《いきさつ》を手短に語った上で、

「小りんさん、驚いちゃいけねえぜ」

「え、何？」

「お島、千代って母子の名めえは嘘で、本当はお絹、加代なんだ」

「どういうこと」

「わからねえけど、名めえを偽らなきゃいけねぇ事情があるんだろうぜ」

「でも母親はともかく、千代の名前まで偽るってなんで？　わけがわからなくなってきたわ」

「おいらもさ。謎は深まるばかりだな」

小りんは思案を深くし、

「ふむ、なんだかねえ……これって、もしかしてひとつのことがつながってきたような」

謎めいた言い方をした。

「何がどうつながるんだよ、もう少しわかるように説明してくれねえか」

小りんが急に改まって、

「あたしと一緒に来て下さい」

「どこへ」

「嵐菊之丞《あらしきくのじょう》さんが育った家ですよ。この近くにあるんです」

「えっ、菊之丞の家が……」

絶句《ぜっく》する丑松に、小りんはうなずいて、

「初代菊之丞さんがお亀というお針の女中に手をつけて産ませた子が今の菊之丞さんで、当時は半六《はんろく》さんといってました。そこで初代は持参金付きでご当地の百姓嘉右衛門《かえもん》さんに、半六さんを引き取らせたんです。その半六さんが長《ちょう》じて菊之丞忘《わす》れ形見《がたみ》の名乗りを上げて、金主《きんしゅ》の越前屋《えちぜんや》さんが引き受けることになり、今の菊之丞さんがあるんです」

「そりゃわかるが、なんだって今頃んなってそんなことを調べてるんだ。拐《かどわか》しの事件と関《かか》わりがあるのかい」

「なかったらここまで来ませんよ。帰山様は伊達《だて》にそんなことを調べさせる人じゃないでしょ」

「いいから、じらさねえで手の内を明かしてくんな。帰山の旦那はいってえ何に疑いを持ってるんだ」

「それはですね、ちょっと待って下さい。ともかくつき合って下さいましな、丑松さん」

小りんが肩に手を置き、丑松はその手を払いのけて、「気安いんだよ、おめえさんは」と笑って言った。

二

百姓嘉右衛門の家は周囲に建ち並ぶほかの百姓家よりひと際《きわ》大きく、それも二代嵐菊之丞の親孝行の賜物《たまもの》かと思われた。

嘉右衛門はすでに他界《たかい》し、代わって伜《せがれ》の嘉助《かすけ》が小りんと丑松の応対に出た。奥からは嘉助の女房や子供たちの、明るい話し声がしている。

嘉助は三十前で、朴訥《ぼくとつ》な実直者らしく見えたが、半六の昔のことを聞きたいと小りんが言うと、なぜか表情を曇《くも》らせて警戒《けいかい》の色を濃くした。

小りんと丑松は妙《みょう》なものを感じ、さり気なく見交《みか》わし合って、

「半六さんはどんな子供でしたか。嘉助さんの方がずっとお兄さんですよね。昔は一

緒に遊ばれたんですか」

小りんが言った。

「へえ、まあ」

はっきり言わず、嘉助は目を伏《ふ》せる。

「兄弟同然に育ったんじゃねえんですかい」

丑松が水を向けると、嘉助は言葉を選ぶようにしながら、

「山や川でよく遊びました。けど元々おらたち百姓とは違うんで、半六は子供の頃から色白のおとなしい奴でしたよ」

「半六さんがここにいたのはいつ頃まで?」

小りんの問いに、嘉助は少し考え、

「十六、七ぐらいだったと思います。その後江戸へ出て、あれよあれよという間に出世して、とても手が届かなくなっちまいました」

「人気役者になってからもここへは来てるんですか」

これも小りんだ。

「いえ、あんなになっちまったもんだから暇《ひま》がないらしく、一年に一度来るか来ねえ

かでした。お父っつぁんが生きていた二年前まではまだ律儀《りちぎ》に来てたんですが、このところとんとご無沙汰《ぶさた》で」

「嘉助さんから見て、半六さんはどんな気性《きしょう》のお人ですね」

丑松が控《ひか》え目《め》に聞いた。

「どんなって言われても……いや、それよりも」

嘉助は急に咎《とが》める口調《くちょう》になり、目に力を入れて、

「これはいったいなんのお調べなんですか。半六に何か嫌疑《けんぎ》でも？」

小りんは慌《あわ》てたように手を横にふり、

「嫌疑なんてとんでもない、菊之丞さんに怪《あや》しい節《ふし》なんてひとつもありゃしませんよ。そのう、別の事件のことであたしどもは動いてましてね、ええと、その流れで菊之丞さんのことを」

しどろもどろになる小りんに、丑松が助け船を出して、

「嘉助さん、おれっちはお上御用《かみごよう》で来てるんだ。そりゃおめえさんもわかってるはずだよな。だから詮索《せんさく》は無用に願いてえな。菊之丞さんをどうこう言ってるわけじゃねえんで、安心していいですぜ」

そうは言われても、嘉助はまだ釈然《しゃくぜん》としない様子でいたが、小りんが嘘も方便《ほうべん》を言い、

「本当のこと言うと、あたしたち二人とも菊之丞さんの贔屓《ひいき》なんですよ。それでつい余計《よけい》なことを。だって菊之丞さんの娘道成寺《むすめどうじょうじ》はとてもよかったんですもの」

そのひと言で嘉助は安心したのか、ほっとひと息ついて、

「さっきも言いましたが、半六はとてもおとなしい奴でした。うちの養子として育ったんですけど、おらによく気を遣《つか》って、おっ母《か》あや雇《やと》い人にまでへいこらして気の毒なくらいでした」

「それじゃここでは何事《なにごと》もなく？」

小りんの言葉に、また嘉助は気色《けしき》ばみ、

「何事もなくとはどういうことですか」

その勢いに小りんと丑松は気圧《けお》される。

「何もあるわけないじゃないですか。あいつはここで育てられた恩を忘れず、あんなに出世してもちゃんと挨拶《あいさつ》に来ていたんです。この家だってあいつが恩返しにと建ててくれました。おまけに田圃《たんぼ》なんか何反《なんたん》も買い足《た》して貰って、うちは今じゃ大百姓な

んです。半六に非のうちどころなんてありませんよ。もう昔話はやめてくれませんか」

帰ってくれと言わんばかりに、嘉助は二人を睨《にら》んだ。

三

村の六地蔵《ろくじぞう》の前で、小りんと丑松はぶらついていた。

「どう思う？　丑松さん」

「あの様子は尋常《じんじょう》じゃねえな。その昔に何かあったんだ。うん、きっと大有り名古《なご》屋《や》のこんこんちきに違《ちげ》えねえ」

丑松の言葉に、小りんもうなずき、

「あたしもそう思うわ。嘉助さんは身内だから庇《かば》ってひた隠しにしてるのよ。だからこの先いくら聞いても口は割らないでしょうね。いったい何があったんだろう……」

考え込んだ。

「なあに、聞いて廻《まわ》りゃ村の誰かが教えてくれるかも知れねえ。けど小りんさん、その前にだ」

「え、何よ」

「帰山の旦那にどんなお指図《さしず》を受けたんだ。それをまず聞かせて貰おうじゃねえか」

「ああ、うん、そうね……」

小りんが語りだした。

「きっかけは菊之丞さんのお内儀《ないぎ》が、帰山様に言った何気ないひと言なの」

「どんな」

「菊之丞さんはお内儀さん以外の年増は好みじゃなくて、贔屓筋のご婦人なんかが時たま連れて来る若い娘さんを見ると、そわそわして落ち着かなくなるらしいの」

「それがどうした、男ならそんなこた当たりめえじゃねえか。年増より若え娘がいいに決まってらあ」

「じゃあたしはどっちなの？」

「へっ？」

「年増？　若いの？」

「年は若えんだが、なんとなく中途半端だよな」

「だからどっち」

「るせえな、どっちだっていいだろ。話の腰を折るなって」

小りんはおほんと咳払《せきばら》いして、

「その話を聞いて帰山様はぴんときたのね。菊之丞さんはそっちの気《け》のある人じゃないかと思ったの」

「なんでえ、そっちの気ってな」

「つまり若い娘狂いよ。それでここにいた頃に問題を起こしてないかと、帰山様はそう思ったみたい。そりゃ丑松さん、役者になるような人なんだから色の道には人一倍長《た》けてるんじゃない」

「役者だからといってそういう目で見るのもなんだけどよ、まっ、そんなこともあるかも知れねえ」

「あるわよ、きっと。帰山様が言うことで見当外《けんとうはず》れはないんだもの」

丑松は小りんを制するようにして、

「小りんさん、あれこれ組み立てるのは帰山様や深草《ふかくさ》様に任せるとしてだ、おれっちはここであったことをきっちり調べてみようじゃねえか」

「そう、そうね」

「また出直して来るのもなんだから宿に泊まったっていいんだ。おめえとひとつ布団に寝る羽目《はめ》んなってもおれぁ一向《いっこう》に構わねえぜ。何もしねえからよ」

「じょっ、冗談じゃないわ、やめて下さい、それだけは。舌嚙《か》んで死にます」

丑松の冗談に、小りんは歯を剝《む》いて怒りまくった。

やがて二人は長屋の跡地へ近づいて来て、辺りを見廻した。すでに建物はなくなり、雑草だけが生《お》い茂《しげ》っている。

すると――。

二人の目が同時にひとつのものに注《そそ》がれ、釘付けとなった。

「丑松さん、あれ」

「あ、ああ……」

茂みの陰に、苔《こけ》むして古色蒼然《こしょくそうぜん》とした井戸があったのだ。

それこそ元矢之倉でお島が世にもおぞましい顔になり、じっと見つめていたのとおなじ古井戸なのであった。

四

小りんと丑松が、古井戸を見つけたのとおなじ頃――。

本八丁堀《ほんはっちょうぼり》の特命《とくめい》の仕舞屋《しもたや》で、帰山貴三郎《きさぶろう》と深草新吾《しんご》は奥の間に対座していた。

「猫いらず　鼠取《ねずみと》り取り　いたずら者はいないかな……」

うららかな昼下りの表を、鼠取り薬売りがのどかな売り声を上げて通って行く。それを追いかける子供たちの喚声《かんせい》が聞こえてくる。

「帰山さん、お奉行からの伝言です」

「うむ」

「鯨屋《くじらや》の女房お了《りょう》の罪は、どうやら極刑《きょっけい》だけは免《まぬが》れそうですよ」

「どんな匙加減《さじかげん》だ」

「遠島《えんとう》がいいとこじゃありませんか。人一人手に掛けてはいますが、相手も拐しに便乗《びんじょう》した悪党ですからね。またお了は築出新地《つきだししんち》で白刃《しらは》をふるっているものの、これも相手が相手で、しかも殺されてはおりません」

「そうだな」

「お了から奪《うば》い返した千両は、与力殿の手で菊之丞の許《もと》へ戻されました。それにはわたしも同行を」

「喜んでいたか、菊之丞は」

「内儀のお扇は安堵《あんど》しておりましたが、菊之丞は姿を見せませんでした」

「どうした」

「舞台を休んで臥《ふ》せっているんです。さらなる千両の脅し文に怯《おび》えちまったんでしょう」

貴三郎は少し考えて、

「そのさらなる千両だが、お主《ぬし》はどう思っている」

「はっきり申して脅《おど》しとしか考えられませんね。身代金受け渡しの日時も場所も記されてないいんですから。敵は菊之丞を苦しめて震《ふる》え上がらせて、喜んでいるのではないですか」

「おれもそう思うのだ、深草」

貴三郎は語気《ごき》を強くして、

「これはありきたりな拐しではない。裏があると睨んでいる」

「それで小りんと丑松に、お島の周辺を調べさせてるんですね」

貴三郎がうなずき、

「吉報《きっぽう》を待っているところだ」

「しかしなあ……何度も申しますが、お島はあくまで子供をさらわれた哀れな母親なんですよねえ」

「わかっている。そこに裏があるのではないのか」

「どうもしっくりきませんな」

「うむ、今のところおれもそうなのだ。だがこれにはきっと何かわけがあるに違いない」

その時、格子戸《こうしど》の開く音がし、二人が見交わした。だがそのままましんとして誰も上がって来ない。

貴三郎は新吾が立ちかけるのを止め、玄関へ出て行った。

鯨屋色四郎《いろしろう》がばつの悪い顔で突っ立っている。

「どうした、鯨屋」

貴三郎が色四郎に言った。

お了を捕えたあの場で、貴三郎は色四郎に身分を明かし、身代金千両奪還のために潜入したことを告《つ》げていた。当座は色四郎も奉行所へ連行して事情聴取をしたが、お了と共謀《きょうぼう》したわけではないので、すべては不問に付された。

だから今まで通りに、色四郎は築出新地の元締《もとじめ》に君臨している。

お了に手を貸した小つまとお京《きょう》を色四郎は咎《とが》めることなく、吉田屋《よしだや》と春木楼《はるきろう》に置いて監視付きで働かせている。築出新地からいなくなったのはお了だけなのだ。

しかしそれにしても、今日の色四郎はしおたれて威勢がなく、気魄《きはく》に乏《とぼ》しいのである。

「ど、どうも、旦那、その節は……」

態度を改め、色四郎は腰が低い。

貴三郎が苦笑《くしょう》して、

「なんだ、鯨屋の大親方が。おまえらしくないではないか。肩で風切るのはやめたのか」

「へへ、からかわねえで下せえやし。どうかもうその辺で」

「まあいい、上がれよ」

色四郎は上がりかけ、表へ向かって、

「てめえら、そこで待ってろ」

玄関先に弥十《やじゅう》、長吉《ちょうきち》、捨松《すてまつ》が居心地悪そうに屯《たむろ》していて、覗き見た貴三郎へ慌てて頭を下《さ》げた。

弥十は無疵《むきず》だが、長吉と捨松は大怪我《おおけが》をして首から晒《さら》し木綿《もめん》（包帯）をぐるぐる巻きにしている。痛々しい姿ではあっても、それで暫《しばら》くやっていくしかなく、行き場のない彼らの面倒を色四郎は引き続き見ているらしい。

色四郎はあらくれには違いないが、存外《ぞんがい》に情のある男のようだ。

貴三郎にしたがって色四郎は奥の間へ来ると、新吾にもぺこぺこと頭を下げ、小さくなって畏《かしこ》まった。

新吾も貴三郎同様に、色四郎に身分を明かしていた。

「今日はなんだ」

貴三郎が単刀直入《たんとうちょくにゅう》に問うた。

「へえ、実はそのう……」

煮え切らず、色四郎は何やら迷っている。

「わたしがいたらまずいのか、席を外《はず》してもよいのだぞ」

新吾が言って腰を浮かしかけると、色四郎は慌てて止めて、

「いや、深草の旦那にもいて貰いてえ」

「ならば早く申せ」

新吾がじりつく。

「ちょっと妙な具合になってめえりやして、それで旦那方のお耳に入れておかなくちゃなるめえと……」

二人が黙っているので、色四郎は気まずくつづけ、

「ゆんべ、醒井屋《さめいや》さんに呼び出されやした」

貴三郎と新吾が無言で見交わす。

醒井屋は表向きは堅気《かたぎ》の線香問屋《せんこうどんや》だが、内実は知らぬ者のいない深川《ふかがわ》の貸元《かしもと》で、色四郎を含む七場所の楼主《ろうしゅ》たちは、日々の上がりから一割を醒井屋角兵衛《かくべえ》へ上納《じょうのう》することになっている。それゆえ、醒井屋のふところには千両近い日銭が入る仕組みなのだ。

浅草や両国など、他の盛り場の貸元たちと醒井屋が大きく違うところは、あくまで表向きの顔を持っていることで、やくざ者の子分衆などは決して姿を見せず、大店《おおだな》の線香問屋として商《あきな》いをつづけていることである。

それは単なる偽装ではなく、醒井屋は堅実《けんじつ》に商いもこなしていて、しかし不測の事態が起こった時、角兵衛が闇に向かってひと声かければ、兇悪《きょうあく》な男たちが牙《きば》を剝いて襲って来るのである。

さしもの奉行所の役人たちも角兵衛には手が出せず、事なかれを装《よそお》い、苦々《にがにが》しくも黙殺《もくさつ》しているのが現状だった。

「醒井屋の用件はなんだ、鯨屋」

新吾が意気込むようにして問うた。

貴三郎も目を険《けわ》しくしている。

この二人に事なかれはないのである。

「殺しでさ、たぶん」

色四郎の口から殺しの言葉が出て、貴三郎が声を尖《とが》らせた。

「どういうことだ」

「醒井屋さんがそういう話を遠廻しに始めたんで、あっしはやんわり断りやした。だってそうでしょう、あの人の手下《てか》でもねえのになんで危ねえ橋を。前にも似たようなことがありやしてね、その時も断ったんで。しつけえんですよ、醒井屋さんは。七場所の楼主んなかじゃあっしが一番血の気が多くて、そういうことを引き受けそうに思われてるんでしょうが、迷惑なんでさ」

「誰を殺す話かわからんか」

われ知らず、新吾は身を乗り出していた。

「いえ、断ったんですから向こうも中身は言いやせんよ。聞いちまったら最後、やらなきゃいけやせんからね」

そう言った後、色四郎は顔を上げ、

「遠廻しに言いかけた時、しがねえ燗酒《かんざけ》売りの女がどうのこうのという話が出たんでさ。女をやるなんてまっぴらですぜ」

貴三郎と新吾の視線が暗黙《あんもく》のうちに絡《から》み合った。

「女は可愛いもんなんだ、だからあっしは今でもお了のことを……」

嘆《なげ》く色四郎の声など、二人の耳には入らなかった。

そして色四郎が帰って行くと、二人は緊迫《きんぱく》した面持《おもも》ちで額を寄せ合った。

「燗酒売りの女がお島とは限らんが、今の有様《ありよう》から言って十中八九そうであろう。違うか、深草」

「間違いないですね、お島のことですよ。けど腑《ふ》に落ちませんな、いったいどこの誰がお島殺しを考えるんです。あの女はそんなに人に怨《うら》まれてるんでしょうか」

「そうではあるまい。お島に何かを知られていて、不都合《ふつごう》な奴がいるのだ。それが醒井屋にお島殺しを頼んだ」

「といって、醒井屋も変ですね。人殺しなんぞはおのれの持ち駒を使ってこっそりやればよいものを、なぜ外部の鯨屋に」

「それをあえて色四郎にやらせ、関係を深めたいという思惑《おもわく》があるのかも知れんぞ。ああいう連中の胸算用《むなざんよう》は計《はか》り知れんな」

「だったら帰山さん、一番手っ取り早いのは二人で醒井屋に乗り込んで、角兵衛を絞《し》め上げることですよ。高々線香屋の親父と思えばいいんです」

「得策《とくさく》ではないな、それは」

「どうしてですか」

「特命のやり方ではない」

「特命のやり方ってあるんですか」

新吾が食い下《さ》がる。

「目指す敵の首を真綿で絞めて行くのが特命のやり方だ。正面から行くのは定廻《じょうまわ》りの連中であろう。おれたちは悪の全体を徐々に包み込んでいく。そうして抜き差しならなくして縄を打つ」

「たはっ、それって帰山流ですよね」

「不服か」

「いいえ、仰《おお》せにしたがいます」

「素直になれ」

「素直ですよ、心外《しんがい》な。わたしは帰山さんのやることに異存《いぞん》はないのです。いつも天晴《あっぱ》れな人と感心しているのです」

「目が笑ってるぞ」

「そんなことありません」

「ともかくこれは捨ておけぬな。おれはお島に探りを入れてみる。丑松が知らせてくれたが、お島の兄の清次郎《せいじろう》という男の存在も気にかかる。お主は小りんたちとつなぎを取ってくれ」

「はっ、委細《いさい》承知」

貴三郎はぎろりと新吾を見て、

「お主、やはり笑っておろう」

「今は真剣です」

新吾が真剣な目で言った。

五

お島の屋台は小網町河岸《こあみちょうがし》に出ていて、風の強い晩のせいか客はなく、お島は早めに店仕舞《みせじま》いにしようかと思っていた。

燗酒の道具を仕舞いかけていると、急に降って湧いたように賑やかな話し声がして、酔っ払いの二人の男が肩組み合って現れた。垢染《あかじ》みた印半纏《しるしばんてん》の感じから、どこにでもいる大工のようだ。一人は朝吉《あさきち》、もう一人を伝六《でんろく》という。共に二十代半ばで、江戸庶民《しょみん》の代表のような平凡で取るに足りない顔つきだ。

「ういっ、めえったね、めえりやしたよ。こんなこたおいら初めてだから、もうどうしていいかわからなくなっちまった。ひっく、やい、どうしたらいいんでえ、相棒」

朝吉が言えば、伝六は戸惑《とまど》いで、

「なんかの間違いじゃねえのか。おめえのその造作《ぞうさく》の悪い面《つら》に惚《ほ》れる女なんかいるものかよ」

二人して明樽《あきだる》に掛け、「すまねえ、一本だけつけてくんな」と伝六がお島に言った。

お島は承知して酒の支度に取り掛かる。

朝吉がまたほざいて、

「そういう言い方はねえだろう、お春《はる》ちゃんがはっきりおいらに好きだと言ったんだぞ」

「あのな、向こうは海千山千《うみせんやません》の茶屋女なんだからよ、うめえこと言っておめえを嬉しがらせて、金ずくで取り込もうとしてるに決まってるんだ。おめえは相変わらず甘えよ、青いよ。なっちゃねえな」

「うんにゃ、お春ちゃんはそんな女じゃねえぞ。おいらの真心がしっかり伝わって、ちゃんと受け止めてくれたのさ」

「おめえ、嬶《かか》ぁがいること忘れてねえか」

「あれはおめえ、嬶ぁじゃねえ、うすら馬鹿の化《ば》け猫《ねこ》っていうんだ」

「そういやぁ似てるかも知れねえな」

「なんだと、この野郎。てめえに言われたくねえぞ」

お島が燗のついた酒を差し出し、二人はぐびぐびとせっかちに飲んで、

「相棒、そろそろいいんじゃねえのか。しびれが切れてきたぜ」

朝吉が別人のような冷酷《れいこく》な目になって言った。

伝六も薄気味悪い笑みになり、

「ああ、やっちまおう、ひと思いに」

急転直下の状況の変化に、お島が顔を凍《こお》りつかせて二人を見た。

朝吉と伝六がふところに呑んだ匕首《あいくち》を同時に抜き、勢いよく立ち上がった。目をぎらつかせ、殺意をみなぎらせている。

大工は偽装で、殺し人だったのだ。

それから四半刻（三十分）後――。

貴三郎がやって来て、異変を知った。

お島の屋台が横倒しにされて壊され、酒がこぼれて鉢《はち》が割れ、提灯《ちょうちん》がちろちろと燃えていた。

貴三郎は火を消しながら鋭く辺《あた》りを見廻すも、お島の姿はどこにもなかった。

長谷川町《はせがわちょう》へ急いだ。

六条長屋《ろくじょう》へ来てお島の家の前に立つが、灯《あかり》はなく真っ暗だ。油障子を開けても、お島が帰った様子はない。

住人の男が二人、恐る恐る左右の家から出て来た。

「あの、どちらさんで」

年嵩の方が問うた。

「お島はまだ帰らぬか」

「へえ、いつものように日の暮れに出たまんまですけど。今日は小網町の方で店を出すと言ってましたから、そっちへ行かれたらどうですか」

貴三郎はお島の危機を感じ、思いはそっちへ飛んでいて、

「ちと尋《たず》ねる。ここにお島の兄というのが訪ねて来たことはないか。清次郎という名だと聞いたが」

住人たちは見交わし、かぶりをふって、

「お島さんに兄さんがいるなんて聞いたこともござんせん」

一人が答え、もう一人もそれにうなずき、

「何せお島さんの所にゃ客なんぞ来たこともねえんで」

「………」

貴三郎は茫然《ぼうぜん》と立ち尽くした。

（……待ってみるか）

だがお島はもう戻って来ないような気がした。

醒井屋角兵衛の依頼で、誰かがお島殺しを引き受けたのは間違いないようだった。

六

王子村の畑で、嘉助は数人の小作人と畑仕事をしていた。

その嘉助の姿を一本杉の陰から、新吾、小りん、丑松が見ていた。

金剛長屋の跡地で古井戸を見つけたが、そこで何かあったのではないかと、小りんと丑松がいくら聞いて廻っても、土地の者たちはそんな旧いことは知らないと、知らぬ存ぜぬで押し通した。二人に心を開いてくれないのである。

　今やここいらの大百姓になった嘉助を怖れているのは明らかで、話せば土地にいられなくなるのかも知れない。

そこで小りんと丑松は本八丁堀の特命の仕舞屋へ戻り、居合わせた新吾に事情を話し、ご出馬を願ったわけなのだ。

「そういうことなら、お上の威光《いこう》を見せねばならんな」

ここへ嘉助を呼んで来いと新吾が言う。

「わかりました」

小りんが畑の方へ行き、嘉助に頭を下げて何か話していたが、やがて彼を伴《ともな》って戻って来た。

嘉助は仏頂面《ぶっちょうづら》というより、何かを予期してか、暗い表情になっている。

新吾が手札を見せて身分を明かし、

「尋ねたいのは金剛長屋の古井戸のことだ」

とたんに嘉助はその場に座り込み、顔を伏せてうなだれた。躰《からだ》全体で証言を拒否しているように見える。

「隠し通すつもりか」

新吾が静かな口調で言った。

小りんと丑松は固唾《かたず》を呑むようにして、嘉助を見守っている。

「か、隠すなんて……あそこでは何も起こっておりませんよ。古井戸だって近々埋め立てるつもりだったんです」

「近所の者たちは固く口止めされているようだな。おまえの指図なのか」

「ですから、何も……」

「しょっ引くぞ、奉行所へ。それでもよいのか。拷問《ごうもん》にかけても構わんのだ。ここで白状すればそんな所へ行くことはない。行ったら最後、二度と戻って来れぬ場合もある」

新吾がいつもの脅し文句を言う。

嘉助は怯えて青褪《あおざ》め、尋常ではいられなくなってくる。

「女房や子供とも会えなくなる。それでもよいのか」

「…………」

「わかるがな、おまえの立場も。亡くなった嘉右衛門からも申し送りされているのであろう。半六、いや、菊之丞の件は金輪際口外《こんりんざいこうがい》してはならんとな」

「…………」

「おい、このわたしを舐《な》めると只《ただ》では済まんぞ。拷問は嘘ではないのだ。ここで白状してしまえ」

嘉助がくっと崩れた。

小りんと丑松は食い入るように見ている。

「は、半六には悪い癖がありまして……」

「どんな癖だ」

「………」

「言うのだ、嘉助」

新吾が大喝《だいかつ》した。

その声が轟《とどろ》き、小作人たちが鍬《くわ》を持つ手を止めて一斉《いっせい》にこっちを見た。

空にはのどかに雲雀《ひばり》が鳴いている。

嘉助が訥々《とつとつ》とした口調で語り始めた。

「あいつはふだんはおとなしくて、いるかいないかわからないような奴なんですが、女の子が目の前に現れると見境《みさかい》をなくしちまうんです」

「見境をなくすだと？　それは幾つぐらいの子だ」

新吾が追及《ついきゅう》をつづける。

「七つか八つの、可愛い盛りの娘っ子が半六はたまらなく好きで、人の目を盗んでは悪さを」

新吾が目を剥《む》いて、

「な、七つか八つといったらまだねんねもいいところではないか。どんな悪さをするというのだ」

「誰もいない所へ連れてって、着物の前をまくって……それからとんでもないことを……」

新吾は唾棄《だき》すべき顔になって、

「ここいらでそんなことをやったらすぐにばれるのではないのか。村の衆《しゅう》はみんな知っていたのか」

「いいえ、初めの頃は案外《あんがい》知られてなくて、半六もこっそりやってたらしく……けどある時それが見つかって、子供の親にこっぴどく叱《しか》られました。お父っつぁんは平《ひら》謝《あやま》りでした。それからは半六は遠くへ……隣り村とか街道筋《すじ》の方へ行って悪さをしてるようでした」

それまで秘めたものを吐露《とろ》するうち、嘉助は塗炭《とたん》の苦しみが噴《ふ》き出し、醜《みにく》く表情を歪《ゆが》めている。

新吾は反吐《へど》の出そうな顔で、小りんたちと見交わし、

「話を古井戸に戻すぞ。古井戸で何があったのだ」

「あれはお絹さんの子で加代と言いました。家は近かったんですが、加代は人目を惹《ひ》く可愛い子でして、半六は抑《おさ》えられなくなったみたいで」

お島、千代は偽りの名で、本名がお絹、加代であることは、新吾はすでに丑松から聞かされていた。

「加代にいたずらをしたのか」

「………」

「どうなんだ」

嘉助は泣きっ面《つら》でうなずき、

「ある時、半六が血相《けっそう》変えておらを呼びに来たんです。大変なことになったと。それで行ってみたら、長屋の井戸に加代が落ちて死んでたんです」

「それはいたずらをされた後か、先か」

「後です」

「では加代に騒がれた半六が、井戸に突き落としたのではないのか」

「違います、それははっきり言えます。加代は自分から井戸に落ちたんです。それを見ていた長屋の人たちもいます。吾平《ごへい》、半次《はんじ》、馬之助《うまのすけ》、お金《かね》、お種《たね》……その人たちの目の前で加代は井戸に」

「加代は幾つだ」

「当時八つでした」

「嘘……」

小りんがつぶやいて新吾の袖《そで》を引っ張り、新吾は丑松と共に嘉助から離れた所へ行く。

「深草様、おかしいじゃないですか。加代ちゃんが五年前に八つだったら、年が合いません。あたしたちがお花見の帰りに会った時、お島さんを手伝ってた子はどう見ても七つとか八つだったんです。五年も経《た》ってたら十三になってるはずでしょう。あそこにいた子は十三には見えませんでした。深草様も見てますよね」

疑惑だらけの顔で小りんが言う。

「うむ、確かにそうだ」

丑松が割り込み、

「あっしも変だと思ってたんですよ。小川町の毘沙門長屋で、そこの住人の話によると当時千代、じゃねえ、加代は七つ、八つってことでしたから、どうにも年が……」

新吾は押し黙り、丑松がつづける。

「嘉助の話を信じるとしたら、千代は井戸に飛び込んで自害したってことになりやすぜ。八つの子が男に汚《けが》されたからって、自害しやすかね」

「あり得んと思うが、あり得るかも知れん」

「どっちなんですよ」

「わからん、その子しだいだ。いずれにしても死の大元《おおもと》を作ったのは半六なのだ」

新吾は嘉助の所へ戻り、

「それで古井戸を忌《い》まわしいものとして、村人は忌み嫌っていたのだな」

嘉助はうなだれてうなずく。

「わたしたちはお絹に会っている。お絹は江戸でも古井戸を見て怯《おび》えていたと聞いたぞ」

「無理もねえです、お絹さんにゃ本当に申し訳ないと思ってます。けどいくら詫《わ》びてもあの人は聞いてくれず、逃げるようにしてこの土地からいなくなったんです。お絹さん、今はどこに」

新吾はそれには答えず、

「半六はどうなのだ、その時の半六のことを話せ」

「ただおろおろするばかりで、あいつは暫《しばら》く家に閉じ籠《こ》もっておりました。お父っつあんがひどく怒って、もうそんな悪さができないように座敷牢《ざしきろう》をこさえて半六を押し籠めたりしたことも。家族のなかでは鼻つまみだったんです。そうこうするうちに半六は自分の出生のことを知って、急に江戸へ行くと言いだしたんですよ。結局それが幸《さいわ》いして、二代目嵐菊之丞になれたというわけなんです」

新吾は襟《えり》を正すようにして、

「嘉右衛門、嘉助、おまえたち親子は半六こと菊之丞の罪業を隠し、今日まできた。そうだな」

「はい」

「こうして暴かれなかったら、頰被《ほっかぶ》りするつもりだったのか」

「い、いいえ、いつかはお絹さんにちゃんと詫びなきゃいけないと。菊之丞を連れてってそうしたいと思ってました。本当に申し訳ねえことを。お赦《ゆる》し下さいまし」

嘉助は地べたにひれ伏《ふ》して詫びた。だが本当に謝罪しなければいけないのは――。それを考えると新吾は胸の悪くなるような思いがしてきて、突然さっと身をひるがえした。

小りんと丑松は啞然《あぜん》となり、慌《あわ》ててその後を追った。

七

「酒でも飲まずばやってられんな」

貴三郎が言いだすと、小りんは黙《だま》って台所へ立って簡単な酒肴《しゅこう》の膳《ぜん》を整《ととの》えてきた。冷や酒に田螺《たにし》の佃煮《つくだに》だ。

本八丁堀《ほんはっちょうぼり》の仕舞屋で、特命の全員が揃《そろ》っている。

雨が屋根を叩《たた》く陰気な晩だ。

新吾たちから王子村での一部始終を聞き、貴三郎は気分を滅入《めい》らせ、小りんが酌《しゃく》をしようとするのを断って手前勝手に酒を飲み始めた。

事件の談合《だんごう》をしていて、貴三郎が酒を飲むということは極《きわ》めて珍しいのである。それだけに、加代の死によほどの衝撃を受けたことは想像に難《かた》くない。

「帰山の旦那、どうしやすか。こうなったら菊之丞をとことん懲《こ》らしめてやろうじゃねえですか」

丑松が感情に訴《うった》えて言うと、貴三郎は虚無《きょむ》ともいえる横顔を見せ、

「菊之丞の昔の罪を、今さら暴いてなんになる」

その言葉に、丑松は怒りのやり場を失って酒を飲む。

「それより今だ」

貴三郎が何を言いだすのかと、三人の視線が集まった。

「誰がお島ことお絹殺しを、醒井屋に頼んだか」

小りんが新吾と見交わし、

「え、この話の流れから行くと菊之丞ってことに。でもまさかそんな。そうなんですか」

貴三郎がうなずく。

「菊之丞はお島さんと会ってないはずですけど、じゃどっかで見たんですね。それでお島さんがいたんじゃまずいんで、醒井屋に」

小りんが声をひそめて言う。

「恐らく」

貴三郎の声は暗い。

「帰山さん、それにしてもどこへ行っちまったんですか、お島ことお絹は」

新吾の問いに、貴三郎は答える。

「殺し人に命を狙われて逃げた。血痕《けっこん》はなかったから疵《きず》を負ってはおらぬはずだ。奉行所の小者に頼んで長屋を見張らせているが、あそこへはもう戻るまい。丑松の話に出ていた兄の所だと思う」

丑松が膝《ひざ》を進め、

「船頭《せんどう》の清次郎《せいじろう》、鳶《とび》の衆に頼んで探して貰ってますぜ。けど船頭の数ときたら途方《とほう》もねえんで、なかなか思うようには」

「帰山様、さっきも言いましたけど」

小りんが丑松の言葉を遮《さえぎ》るようにして、

「だったらお花見の帰りにあたしたちが会った千代ちゃん、あの子は誰なんです。帰山様だって十三には見えなかったはずですけど」

「加代の偽者《にせもの》であろう」

貴三郎の言葉が理解できず、三人は怪訝顔《けげんがお》を見交わし合う。

「旦那、ひとつわかるように説明して下せえよ」

丑松がうながす。

「ある所へ行って確かめてきた」

貴三郎は酒を飲みつづけ、

「子を貸し屋だ」

三人が虚を衝《つ》かれた顔になった。

面倒だからここではお島で通すぞと貴三郎は言い、

「お島は一年前に子を貸し屋へ行き、法外《ほうがい》な金を払って六歳の子を借り受けた。一年間その子と暮らすという約束でだ。子を貸し屋の主《あるじ》にお島の人相風体《にんそうふうてい》を明かしたら、その通りだと認めた」

小りんが気を昂《たかぶ》らせ、

「ま、待って下さい、それじゃ千代ちゃんは拐されてないんですね。本物の親の所に帰ってるってことですか」

「それも確かめてきた」

貴三郎は酒を口に運び、

「あの子はお里《さと》といっておれの顔を憶《おぼ》えていた。花見の晩とおなじようにいい子であったぞ。親はしがない苗売りで、子沢山《こだくさん》だったのだ。お里の下には弟妹が大勢いて、子を貸し屋の稼《かせ》ぎを家族は頼りにしていた。お里はお島の偽の子になってからも、何度も里帰りをしていたそうな。お島もそれを許していたらしい」

「お島さん、なんだってそんなことを」

小りんの声は上擦《うわず》っている。

「拐しの事件を起こすためだ」

貴三郎が言うと、新吾は明敏《めいびん》な目をきらっと光らせ、

「わかった、わかりましたよ、帰山さん」

「うむ」

「すべてはお島が周到《しゅうとう》に企《たくら》んだことじゃないんですか。一年かけて偽者の千代を世間に知らしめておき、貧しい母子が肩を寄せ合って生きているように見せかけた。それがある日突然さらわれる。その身代金の求めがなぜか菊之丞の所へ行く。菊之丞を揺さぶって困らせ、奈落《ならく》の底に突き落とされるような思いを味わわせ、追い詰めていった。瓦版《かわらばん》に書き立てられて、本当に菊之丞は困ってましたよ。その菊之丞にさらに追い討ちをかけて、血染めの千代の着物まで送り届けている。わが子千代を死なせた、これはお島の復讐《ふくしゅう》なんだ」

貴三郎が確《しか》とうなずき、

「たね取りの末吉に拐しの件を囁《ささや》いた男というのは、恐らくお島の兄清次郎であろう。お島の唯一《ゆいいつ》の身内が味方しているに違いない。おれには兄は死んだと言ったのは偽りだな」

丑松が少し酔った口調になり、

「たね取りの末吉、願人坊主《がんにんぼうず》の阿禅坊《あぜんぼう》、為八《ためはち》とお綱《つな》の夫婦、果《は》ては築出新地の鯨屋色《くじらやいろ》四郎《しろう》に女房のお了《りょう》……あっちこっち遠廻りして、やっとこさ辿《たど》り着いたと思ったら、振り出しのお島に戻ったたってわけですかい」

「そういうことだ」

貴三郎が言って、

「お島を守ってやらねばならん。復讐は感心せぬが、事《こと》の発端《ほったん》をおれは知りたい」

「発端ですって？」

小りんが問い返す。

「子供の自害だ」

三人が言葉を失う。

束《つか》の間《ま》の沈黙のなかで、小りんが言う。

「あの、帰山様」

貴三郎が小りんを見る。

「吾平、半次、馬之助、お金、お種……嘉助さんの話の裏を取って、王子村の人たちにも聞いてみましたらやはり本当でした。その人たちの目の前で、加代って子は井戸に飛び込んだんです」

「………」

貴三郎はやりきれない顔で酒を飲み、深い溜息《ためいき》をついて、

「加代なる子が菊之丞に身を汚され、そのことを思い詰めて自害した。こんな哀しいことはないではないか。むろん憎むべきは菊之丞だが、母親のお島の胸のなかを知りたい。答えはわかっているが、それでもお島自身の口からその心の叫びをおれは聞きたい」

「聞いて、それから先は」

小りんが恐る恐る問うた。

「裏が取れ、それが確かなものなら悪い奴らを白日《はくじつ》の下《もと》に晒《さら》す。完膚《かんぷ》なきまでに断罪

し、血へどを吐かしてやるのだ」

新吾が貴三郎の顔色を読みながら、

「帰山さん、この際だ、醒井屋角兵衛にも血へどを吐かせてやりたいですな。人殺しを請負《うけお》うなんてとんでもない話じゃないですか。やりましょうよ、深川の大掃除を」

「………」

貴三郎は答えず、黙々と酒を呷《あお》っている。もはや誰とも話す気はないようだ。

「丑松さん、早くお島さんを見つけだして。あたしも手を貸すから」

小りんが言うが、丑松も押し黙ったままで酒を飲んでいる。

それでやむなく、小りんは新吾と酒を酌《く》み交《か》わした。

雨は降りやまず、やはり陰気な晩なのである。

八

そのおなじ頃——。
夜の雨の音を聞きながら、お絹も独《ひと》りで酒を飲んでいた。

お絹は暗い情念に浸《ひた》り、哀切《あいせつ》な思い尽きずに胸は切り刻《きざ》まれ、身の処《しょ》しようがないほどに心は深く沈み込んでいる。

しかし静かな夜よりは、今のお絹には沛然《はいぜん》と降りつづく雨音の方が心地《ここち》よく、少しは気持ちも落ち着くのである。

そこは間口二間半、奥行き三間の二階建長屋の二階一室で、階下には兄の清次郎、お房《ふさ》夫婦が住んでいる。

一階は二帖の入口土間、台所、八帖間、そこに夫婦が居住し、階段を上がってお島のいるのは押入れ付きの六帖間で、屋根に物干台がついている。

殺し人に命を狙われ、お島は必死で逃げ延び、ここ薬研堀《やげんぼり》にある清次郎の家へ逃げ込んだのだ。

夫婦に子はなく、清次郎は神田川《かんだがわ》の乗合《のりあい》船の船頭を長年やっている。二階建長屋は店賃《たなちん》が高いが、船頭は実入りがいいのだ。

お房はお絹の過去に起こったことの経緯《いきさつ》は知っているが、こたびの拐しの件はお絹や清次郎の口から聞かされていない。瓦版で大きな騒ぎになったのだから知らないはずはないが、二人が言わなければ、お房の方からは聞かないようにしている。

何事《なにごと》もわきまえた女で、清次郎には過ぎた女房なのである。

階段を清次郎が上がって来て、お絹の前に座った。つけた燗酒《かんざけ》を手にしている。外着のままで肩がやや濡《ぬ》れているから、出掛けていたのだ。

「近々井戸替えがあるんでな、みんなで大家の家に集まってたんだ」

三十過ぎのがっしりした体軀《たいく》の清次郎が言う。色黒に見えるのは仕事柄で、日に焼けていない船頭などは皆無《かいむ》だ。細面《ほそおもて》のどこかがお絹に相似《そうじ》している。

井戸替えは年に一度、大家の指揮《しき》の下《もと》に長屋の住人総出で、井戸水の汲《く》み替《か》えをするのだ。井戸の周《まわ》りに木枠《きわく》を組み、井戸職人を呼んで、住人たちは綱引きのようにして太縄を引いての作業だ。これはどこの町でも行われている行事だから、それが済めば大家のご馳走《ちそう》が待っているという寸法《すんぽう》だ。

「井戸替え……」

お絹がぽつりとつぶやいた。

清次郎は黙って酒を飲む。

「井戸替えの時、加代は大はしゃぎでまるで遊山《ゆさん》にでも行くみたいにして……人が沢《たく》山《さん》集まるのが好きな子だったわ」

「おいらもその時分の加代を知ってるぜ。赤飯《せきはん》や玉子焼きが食えるのを楽しみにしてたんだ。罪のねえ奴よ。おっと、子供なんてみんなそうか。生きてりゃおめえ、もう十三なんだぜ」

言って、清次郎は加代を思い出して心を湿《しめ》らせる。

「……行かなきゃよかった」

「あん？」

「王子村へなんぞ行かなければ加代はあんな目には……鬼が棲《す》んでいると知ってたら、行くものですか」

お絹が怨念《おんねん》の声になる。

「おめえ、何度も止めたよな」

「えっ？」

「おいらが菊之丞を殺そうとするのを、何度も止めたじゃねえか。おれは今でもあいつをぶっ殺してやりてえと思ってるぜ」

「いいのよ」

「よかねえよ」

「お房さんはどうするの」

「…………」

「残された人のことを考えて、兄さん」

「だったらおめえはどうなんだ。脱《ぬ》け殻《がら》じゃねえか。そんなおめえをずっと見ていておれはやりきれなかった。つら過ぎるんだよ。まっとうに生きてる人間がどうしてこんな目に見舞《みま》われなくちゃならねえ」

「だから仕返しをしてるのよ」

　突き詰めた目でお絹は言う。

「ああ、おれもそれに乗った。あいつを苦しめて、嘆《なげ》き悲しませて、それでも飽《あ》き足《た》りねえや。向こうは天下の人気役者で、おれたちよりもずっといい暮らしをしてのうのうと生きてやがる。神や仏がいるんなら、天罰《てんばつ》を下《くだ》して貰《もら》いてえのさ」

「下るわよ、きっと」

「おめえの方が先にあの世へ行っちまうんじゃねえのか。人殺しに追われてるんだぜ。誰の仕業《しわざ》だと思っている」

「菊之丞に決まってるわ、ほかにあたしを殺そうなんて思う人いるわけない。あたしをどこかで見て慌てたのよ、菊之丞は。生かしとけないと思ったんでしょうね」

「だとしたら、本当に奴は鬼だぜ。なんの因果《いんが》でおめえたち母子を不幸な目に遭《あ》わせるんだよ」

「自分で死んだのよ、加代は。だから余計にあたしはあいつを許せない。八つの子をそこまで追い詰めて、死んだ後も口を拭《ぬぐ》って平気で生きている。世間にもて囃《はや》されて、加代のことなんか忘れちまってる。そんなことが罷《まか》り通っていいはずない」

「だからもう千両寄こせと脅《おど》してやった。それが徒《あだ》となって奴はおめえの命を。でえ丈夫かよ、持《も》ちこたえられるのか、お絹」

「殺されたって死にゃしない。そうなったら刺《さ》し違えてやるわ。あたしには千代がついている。護《まも》ってくれるはずよ」

「お絹、おめえにもしものことがあったらおれは只《ただ》じゃ済まさねえからな。血の雨降らしてやるぜ」

血の気《け》の多い顔で、清次郎は談《だん》じ込む。

「もういいわ、兄さん。お房さんの所へ行ってあげて。気持ちはとっても嬉しい。これからも味方でいてね」

「わかってらあ」

お絹は清次郎に背を向け、窓を開けて降る雨に見入った。

「よく降るわねえ……」

その目の奥には復讐の炎がめらめらと燃えていた。

九

嵐菊之丞は自室に籠もり、無聊《ぶりょう》をかこっていた。

手入れの行き届いた庭先にはよく日が当たり、小鳥たちが戯《たわむ》れている。

青葉が繁《しげ》る時節が幕《まく》を開《あ》け、世の中が明るくなって、人が皆こぞって浮かれているように見える。

いつもなら贔屓筋《ひいきすじ》からの誘いが引きも切らず、遊山や会食に忙しい思いをしているところだが、今年はそれがない。拐しの事件が尾を引いて、嵐菊之丞は臥《ふ》せっているという話が広まり、皆が遠慮して誘ってこなくなったのだ。

犯科人《はんかにん》からの千両の要求もなぜかその後途絶《とだ》え、薄気味悪く、だがどこか拍子《ひょうし》抜けしたような気分で日々を送っていた。そのことを考えるとどうしてもお絹の顔が浮かぶから、菊之丞は頭から追い払うようにしている。

　お絹の企んでいることは、ひとえに菊之丞を苦しめるためであろうと、おおよその察《さっ》しはついていた。しかしそれに関してはある筋にあることを頼んでいるので、懸念《けねん》は無用と思っている。大金を払ったそのある筋が、約束を履行《りこう》してくれれば済む話だ。

　過去の出来事は考えるだに不快だから、心に蓋《ふた》をして触《ふ》れないようにしているのだ。また一連の拐しがお絹一人の手でやれるとは思えないが、その辺のところを探るつもりはない。そっちに深入りするつもりはないのである。

弥生《やよい》狂言は途中で休演となったから、次は皐月《さつき》狂言である。

　この当時は年に六度興行で、一興行が二ヵ月つづく決まりだ。小屋は休みなしだが、役者の方は自在《じざい》である。ましてや菊之丞ほどの人気役者になればわがままも利《き》く。

　しかし名を馳《は》せてからというもの、菊之丞はほとんど休みなく、出ずっぱりのようにして舞台をつづけてきた。

　こんな風に二月《ふたつき》も休むようなことは初めてで、ゆえにこの数日、なんとなく不安を覚えるようになった。舞台に出ないで休んでいる間に、忘れ去られるのではないかという不安だ。

最初の身代金千両は無事に還《かえ》ってきたし、今はすっかり憂《うれ》いもなくなり、心は平安を取り戻している。心労もとれ、気力も戻ってきたので、昨夜などはお扇《せん》を相手につい深酒をしてしまった。だからもうすっかり元気なのだ。

皐月狂言の舞台への意欲が疼《うず》いてきて、そろそろ金主や座頭《ざがしら》に働きかけようかと思い始めていた。名目《めいもく》はなんでもよいのだ。快気祝いと称して人を集めれば、当然皐月狂言の話が持ち上がるはずだ。

そう思っていた矢先、金主の越前屋茂兵衛の方から訪ねて来た。遊びがてら寄ったと言い、越前屋は二人の孫を連れていた。五、六歳の男の子と、七、八歳の女の子だ。たちまち家のなかが賑《にぎ》やかになって、お扇が子供たちの手を引き、庭に出て相手を始めた。お扇は子供好きなのだ。それには女中たちも駆《か》けつけて、より華やいだ。

その光景を眺《なが》めながら、越前屋は菊之丞にしかつめらしい顔を向け、

「どうかね、もういいだろう」

「へえ」

「皐月狂言に出て貰えないか」

菊之丞は渡りに舟だからすぐに破顔《はがん》し、

「そのお言葉、首を長くして待っておりましたよ、越前屋さん」

越前屋が相好《そうごう》を崩《くず》し、

「あたしの方にもう腹案《ふくあん》があるんだよ。座頭さんとも相談して、南北《なんぼく》をやろうと思っているのさ」

「へえ、演《だ》し物《もの》は」

「戻橋背御摂《もどりばしせなにごひいき》はどうかな」

それは鶴屋《つるや》南北作の当たり狂言で、平安《へいあん》中期の源 頼光《みなもとのらいこう》と四天王《してんのう》が主《おも》になった狂言だ。大坂で大当たりを取っていると聞き、菊之丞は越前屋や他の役者連と旅をし、わざわざ観に行ったものだった。その時は道頓堀《どうとんぼり》の『角の芝居』と呼ばれる小屋だった。そこの座頭の厚意《こうい》で台本まで貰《もら》っていた。

「あたくしは何をやればよろしいので」

「それはまだ決めてないがね、おまえさんをないがしろにはしないから案《あん》ずることはないよ。楽しみにしていておくれ」

「有難《ありがと》う存《ぞん》じます」

菊之丞は頭を下《さ》げるが、不意《ふい》にわくわくしてきて、南北の書いた『戻橋背御摂』のト書がみるみる頭に浮かび、身ぶり手ぶりを入れて、

「――と打ち込みになりて、この人数皆々、後ろの二重舞台へ上がる。この打ち込みの鳴物《なりもの》、誂《あつら》えの通りに替わりて、道具をば後ろへ引き上げる」

憶《おぼ》えていることをすらすらと言うと、越前屋も台本を読んで諳《そら》じているから、調子に乗って、

「鳴物にて屋台は段々《だんだん》と斜《はす》に引き上げる。下に控《ひか》えし人数、詰め寄って後ろ向きになりて見得《みえ》を切る。その前通りへ山組《やまぐみ》をせり上げて人数を隠す。このとたんに屋台の前へ、鼠木綿《ねずみもめん》に雪の降りきたる景色を書きて、一杯の幕を切って落とす也《なり》」

言い終わってぱっと見交わし、二人が快活《かいかつ》に笑った。

「ああ、よかった。これで次も乗り切れるよ」

越前屋は喜んでいる。

その時、女の子の笑い声が弾《はじ》けて、菊之丞と越前屋は思わずそっちを見た。

女の子は池の水をはねて遊んでいて、お扇も楽しみながら、

「越前屋さん、お鶴《つる》ちゃんたらおませでござんすねえ。あたしはきれいな女になりま

すかって聞くんですよ」

「あはは、お鶴は利発《りはつ》でね、ほかの子より先を行ってるんだよ、お扇さん」

菊之丞がふっとお鶴に目を止め、人知れず暗い表情になった。胸の内からむらむらと湧《わ》き出る衝動《しょうどう》が抑《おさ》えきれない。気持ちが昂ってきて、遂《つい》にわれを忘れた。

「お鶴ちゃん」

菊之丞が縁《えん》に出て手招《てまね》いた。

お鶴はきょとんとこっちを見て、にっこり笑う。

菊之丞は赤面《せきめん》した。

何年か前に初めてお鶴に会った時はもっと小さかったから、今日見る彼女は別人のように映《うつ》る。

「なあに、おじさん」

物怖《ものお》じせず、お鶴が寄って来た。

「大きくなったね」

透き通るような肌のお鶴を見て言った。

「あたしね、もう子供じゃないの」

ませた口調でお鶴が言う。

「そうだね、立派な大人だ」

美しい女の前で恥じらう青年のようになって、菊之丞は小さな声で言った。

その菊之丞を見ていたお扇が、笑《え》みを消さぬままに、瞳《ひとみ》に黒い影をよぎらせた。それはなんらかの危惧《きぐ》なのである。

十

越前屋と孫たちが帰り、邸宅は急に静かになって、菊之丞はまた自室に籠もっていた。

そこへお扇が静かに入って来て、菊之丞の前に座った。なぜかその表情が硬《かた》く、菊之丞を見据《みす》えるようにしている。

「おまえさん」

菊之丞は顔だけ向け、お扇を見ようとはしない。

お扇の雰囲気《ふんいき》から何かを察知したのか、それは怯《おび》えた敏感《びんかん》な小動物のようにも見えた。

「なんだい」

「お鶴ちゃん、きっときれいな娘さんになるんでしょうね」

なんでもないことのようにお扇は言う。

「そうだと思うけど、それがどうした」

「あのまま何事もなく、すこやかに育って欲しいと思いますよ。いいお婿《むこ》さんが来て、子を生《な》して、幸せになって貰《もら》いたい」

「何が言いたいんだ、おまえは。妙に遠廻しな言い方はよしてくれないか。はっきり言ったらどうなんだ」

「人様《ひとさま》の子の幸せを願ってるだけですよ」

「…………」

「どうしてあたしを見ないんですか」

お扇の咎めるような声が飛んできた。

菊之丞は顔を上げ、眩《まぶ》しいようにお扇を見ると、

「おまえ、どうしたんだ。何を言いたいんだね。もしかしてとんでもない勘違いでも

してるんじゃないのか」

「とんでもない勘違いで済めばそれでいいんですよ」

「…………」

「おまえさんには人に隠した悪い癖がありますね」

「…………」

「知ってるんですよ、あたし」

「なんのことだ」

お扇の視線に耐《た》えられず、菊之丞はまた目を伏《ふ》せた。

「去年、庄助稲荷《しょうすけいなり》の近くで女の子が死んだんです」

「女の子が死んだ？　知らないね、そんなこと。近所なのに初耳《はつみみ》だよ」

「女の子は九《ここの》つで、お鶴ちゃんみたいなそれは可愛《かわい》い子でした。その子が万橋《よろずばし》から落ちて死んじまったんです。あれは冬の寒い夜でしたよ。冷たい水のなかで溺《おぼ》れ死んだんです。悲しい死ですね」

「夢中《むちゅう》で遊んでいて落ちたんだろう、子供にはよくあることじゃないか」

「死ぬ少し前の夕暮れに、おまえさんはその子の手を引いて仲良く歩いてました。あたしが見つけて後を追ったら、見失っちまったんです」

「…………」

菊之丞はひきつったような顔で、不意《ふい》に笑い声を立てた。

「あたしじゃないよ、見間違《みまちが》いだ。馬鹿馬鹿しいったらありゃしない」

「いいえ、おまえさんです」

お扇が確信の目で言う。

菊之丞はすぐに笑みを消し、また下を向いて押し黙る。

「そのことは誰にも言ってませんけど、あたしはずっと嫌な思いがして、それをひた隠しにしてきたんです。人気役者の女房としちゃつろうござんすよ」

「…………」

「もっと前にもそれに似たことがありましたね。あたしとおまえさんが一緒になりたての頃ですから随分《ずいぶん》前のことです。その時もやっぱりおなじような年格好《としかっこう》の女の子が
……」

菊之丞の表情は微《かす》かに不安に揺《ゆ》れている。

「どうしたわけかその子は息を塞《ふさ》がれたようにして死んでました。首を絞《し》められたわ

けでもなく、お役人方も変だ変だと言ってましたよ。結局は事故ってことで片付けられましたけど」

「それとあたしとどんな関《かか》わりがあるってんだ。あたしがその子の息を塞いだとでも言うのか」

菊之丞が語気《ごき》を荒くした。

お扇は黙って菊之丞を見ている。

菊之丞はその重圧《じゅうあつ》に息苦しさを覚えて、

「おまえ、亭主を疑っているのか。悪い癖とはそのことなのか。そりゃとんでもない思い違いだ。子供なんてあたしはなんとも思ってないよ。そういう好みの男じゃないことはおまえが一番わかってるはずだ」

菊之丞は声をひそめて、

「現にあたしはおまえを抱いているじゃないか」

「…………」

「もうそんな話はよしにしておくれ。越前屋さんがね、皐月興行の件を持ってきたんだ。今度は南北をやるって言っている。久しぶりにわくわくした気分になってるんだ」

「………」

「また忙しくなるからよろしく頼むよ、いいね、お扇」

何も言わぬまま、お扇は席を蹴《け》って出て行った。

「………」

菊之丞はうろたえていた。

お扇をなんとかせねばと思いながら、菊之丞はすぐに別の心楽しい想念《そうねん》が浮かび、それが胸にどくどくと溢《あふ》れてきて、御《ぎょ》しきれないおのれを感じていた。

「このあたしに悪い癖なんて……」

あるわけないと思っていた。

そうして思いはまた元へ戻った。

（お扇をなんとかしなくちゃいけない、なんとかしなくちゃ……）

それがわが身を助けることは、よくわかっていた。

第五章　裏と表

一

線香問屋《せんこうどんや》の醒井屋《さめいや》は、深川八幡《ふかがわはちまん》と三十三間堂《さんじゅうさんげんどう》に挟《はさ》まれた永代寺門前東仲町《えいたいじもんぜんひがしなかちょう》のど真ん中にあり、町の半分を占《し》めるような大店《おおだな》で、両隣りは材木屋である。

この町は商家より食べ物屋が多く、饅頭《まんじゅう》に餅菓子《もちがし》、煎餅《せんべい》、黍団子《きびだんご》などを売る小店から、鰻《うなぎ》の蒲焼《かばやき》に名物の笊蕎麦《ざるそば》まであって幅広い。

しかも深川の盛り場の中心にあるので、岡場所《おかばしょ》として名高い深川七場所も近くに点在《てんざい》していて、賑《にぎ》やかだ。

醒井屋は夕の七つ半（午後五時）に店を閉《し》め、後は奥で帳尻《ちょうじり》合わせとなる。

奥の間の床の間を背にして、醒井屋角兵衛《かくべえ》は一番番頭から十番番頭までをずらっと並ばせ、その日の商《あきな》い高《だか》を念入りに見ていく。

角兵衛は三十前後とまだ若く、時々眼光《がんこう》を鋭《するど》くするが、極《きわ》めて平凡な、どこにでもいる江戸者の顔立ちをしている。

この男が陰《かげ》で囁《ささや》かれているような、深川の大貸元《おおかしもと》とは誰も思わないのである。ましてや商いに躰《からだ》を張っている時は、非の打ち所のない謹厳《きんげん》な様子で、つけ入る余《よ》地《ち》がまったくなく、主《あるじ》としての仕事も立派にやってのけているのである。妻子《さいし》はなく、独《ひと》り者だ。

線香の多くは仏事用だが、遊女や芸者がその務め時間を測《はか》る『時線香』と呼ばれる太く長いものもある。

線香は線香職人に作らせ、問屋がこれを束《たば》ね、生薬屋《きぐすりや》に卸《おろ》す仕組《しく》みになっている。

線香は楡《にれ》の甘皮《あまかわ》に香料を混ぜて作り、その香料は植物性のものに沈香《じんこう》、白檀《びゃくだん》、丁《ちょう》子《じ》、竜脳《りゅうのう》、動物性は麝香《じゃこう》、海狸《うみだぬき》（ビーバー）を用《もち》いる。固めるための接着剤には糊《のり》、布海苔《ふのり》が使われ、燃え易《やす》くするために松煙《しょうえん》の煤《すす》が加えられて青、茶の染料《せんりょう》で色づけされる。

帳尻合わせが済むと、角兵衛は番頭たちを見廻し、

「いつも言ってることだが、もっともっとお寺社に食い込まなくちゃいけないね。この江戸に幾つ寺があると思ってるんだい。何百、何千、いや、もっとかも知れない。それにお大名やお旗本の武家筋だって、まだまだ入る余地はあるだろう。番頭だからって踏《ふ》ん反《ぞ》り返ってないで、初心に戻って荷を担《かつ》いで売り歩くつもりでやっとくれ。いいね」

歯切れよく言い、角兵衛が仕舞いを告《つ》げると、番頭たちが「承知仕《つかまつ》りました」と言って叩頭《こうとう》し、ぞろぞろと引き上げて行った。毎日繰り返されているから、それは儀式めいていた。

そうして座敷に誰もいなくなると、角兵衛は油断のない目を辺《あた》りに走らせ、羽織《はおり》姿のままでつっと立ち、背後の床の間の房紐《ふさひも》を引いた。

すると右手横の漆喰《しっくい》の壁一面が廻転《かいてん》し、ぽっかり秘密の抜け穴が覗《のぞ》いた。地下からのひんやりした風が吹いてくる。

角兵衛の姿がそのなかへ消えると、ややあって壁は元に戻った。穴の向こう側にも紐《ひも》があるのだ。

抜け穴を角兵衛は頭を下げて這《は》って行く。人一人しか通れないが、表から裏の顔に変化するためにはそれが必要で、角兵衛が大金を投《とう》じて掘らせた隧道《ずいどう》なのである。

秘密を守るため、大勢の穴掘り人足をわざわざ遠国から呼び寄せ、一年間寝泊まりさせて仕事をやらせた。済んだら国に帰した。人足らは金山で働いていた男たちだったから、仕事にぬかりがなく、未だに水漏《みずも》れひとつしない。

角兵衛自慢の隧道だが、人に言えるはずもない。

大真面目に隧道を這う彼の姿はまるで野鼠《のねずみ》のようで、どこか滑稽《こっけい》でもあった。

やがて角兵衛の姿は、町外《まちはず》れの一軒の仕舞屋《しもたや》の床下から現れた。そこにも細工《さいく》がしてあって、床下から紐を引くと畳《たたみ》がせり上がるようになっている。

汚れを払って部屋を出ると、角兵衛は廊下の奥にある一室へ入って行った。

行燈《あんどん》が三つ、煌々《こうこう》と明るく灯《とも》っていて、そこに深川七場所の七人の楼主《ろうしゅ》たちが集まっていた。鯨屋《くじらや》色四郎《いろしろう》の姿もある。

角兵衛が上座《かみざ》に着くと、一同が無言で叩頭した。

色四郎が七人を代表して、袱紗《ふくさ》に載せた小判や銭を差し出す。色里《いろさと》の一日の上がりである。それも表の番頭たちとおなじで、毎日繰り返されている慣例《かんれい》だ。

角兵衛は金を受け取り、書付《かきつ》けたものと照らし合わせていく。

それまで誰も口を利《き》く者がなく、すべて無言《むごん》なのである。

角兵衛が得心《とくしん》の目でうなずくと、それを汐《しお》に七人が席を立った。

「鯨屋さんだけ残っとくれ」

角兵衛に言われ、色四郎だけ残った。

角兵衛は金を金箱に収め、色四郎に向き直ると、

「鯨屋さん、この前、あたしが遠廻《とおまわ》しに言った件だけどね、きれいさっぱり忘れとくれ」

燗酒売《かんざけう》りの女をどうこうする件を言っている。

色四郎は惚《とぼ》け顔で、

「へっ？　なんのこってしたっけ。近頃もの忘れがはげしいもんですから」

「ふふふ、それでいい、これからもよろしく頼むよ」

角兵衛が冷笑《れいしょう》を浮かべて言い、色四郎は頭を下《さ》げて出て行った。

家のなかから人の気配がなくなると、角兵衛は独り言のように、「おい」と言った。

隣室が開き、顔を出したのは殺し人の伝六《でんろく》である。お島《しま》を襲った時とおなじ大工《だいく》の

印半纏《しるしばんてん》をきている。

　伝六が寄って来て、手にしたもう一人分の印半纏を角兵衛の背後から着せかけた。

　すると醒井屋角兵衛ではなくなり、伝六の相棒の朝吉《あさきち》になったのである。

「突きとめたそうだな、相棒よ」

　角兵衛、いや、朝吉が言うと、伝六は得意顔になって、

「お絹は薬研堀《やげんぼり》の兄さんの家だよ。そこに隠れている」

「どうやって見つけた」

「そいつぁ聞かねえで貰いてえな。旦那から法外《ほうがい》な金を頂いた上はこっちだって必死よ」

「頼りになるね、おまえは」

「それよりいつやる」

「すぐだ」

「わかった」

「あたしゃね、人を殺したくってうずうずしてくるんだ」

「あはっ、また悪い癖がでやがった」

「生まれつきの人殺しの性分《しょうぶん》なんてあるのかね」

「そうさなあ……そんな必要はねえのにな、大店の主でございってあぐらをかいてりゃいいものを、何を好き好《この》んでと思うね。代々堅気《かたぎ》の家なのにどうしてこんな倅《せがれ》が生まれたものか、不思議でならねえや」

「あたしもそう思うね」

「それじゃ、本当にお絹殺しに旦那が手を下《くだ》すんだね。いいんだね。ひと声かけりゃほかにも殺し人はいくらもいるんだぜ」

「ああ、たまには女も殺してみたくってさ」

「よっしゃ」

息の合った朝吉と伝六が立って身支度《みじたく》を整《ととの》え、長脇差《ながどす》を腰にぶち込んで足早《あしばや》に部屋を出て行った。仕舞屋の玄関をそっと開け、二人はするりと闇に溶《と》けていく。

その二人を、路地裏《ろじうら》から見ていたのは新吾《しんご》と色四郎である。

色四郎が手引きしたのだ。

二人は伝六たちの後を、足音忍ばせて追いながら、

「あれが本当に線香問屋の主なのか」

驚きの新吾が、小声で言う。

「面妖《めんよう》でござんしょ、醒井屋ってな。あっしもあの裏の顔を見た時は仰天《ぎょうてん》しやしたよ。まったく別人なんですからねえ」

「楽しんでやっているようにも見えるぞ。七場所を束ねていて、悶着《もんちゃく》や突き上げがあった時はどうするのだ。怖《こわ》いお兄さんたちを抱《かか》えているわけでもないのにな」

「歯向かう奴がいると醒井屋はどこかへひと声掛けるんでさ。するってえと、そいつはいつの間にか」

「どうなる」

「あっしが見たのは口を開《あ》けて海に浮いてやした。他人に頼むこともありやすが、醒井屋本人も人殺しが好きみてえで」

「怖ろしい奴だな」

「油断《ゆだん》なさらねえで下《くだ》せえ」

「わかった、おまえはもういいぞ。よくぞ力を貸してくれた」

「帰山《かえりやま》の旦那に恩返しですよ」

「女房のことか」

「へえ、死罪にならなくて済んだんです。帰山様が陰《かげ》で動いてくれたお蔭《かげ》でさ」

「待つのだな、お了を」

「そのつもりでさ」

「そんなに惚《ほ》れているのか」

「聞かねえで下せえやし」

そう言い、色四郎は恥《は》ずかしいような表情になり、やがて新吾に別れを告《つ》げて横合いへ消えた。

新吾はちらっとその背を見送り、

（あんなあらくれでも純情を持っている奴もいるんだな）

そう思った。

さらに伝六らの尾行《びこう》をつづける。

その新吾の遥《はる》か後方から、二つの黒い影が追っていた。つなぎ役の奉行所小者《こもの》たちである。

二

そのつなぎ役の一人が、本八丁堀の仕舞屋へ駆け込んで来た。

「帰山様」

貴三郎が奥から出て来る。

つなぎ役の若者は息せき切らせていて、

「薬研堀の伊助長屋《いすけながや》へすぐ来て下せえ。そこにお絹の兄妹が。醒井屋ともう一人がやって来て何かやらかしそうです。それを深草様《ふかくさ》が見張っておりやす」

「ご苦労」

「へい」

若者が去り、貴三郎は奥へ戻ると、身拵《みごしら》えをして大刀を腰に差し込みながら出て来た。

そこへ慌《あわ》ただしく下駄《げた》の音がして、小りんがとび込んで来た。その顔が青褪《あおざ》めている。

「帰山様、大変なことに」

「どうした」

「菊之丞のお内儀《ないぎ》が自害したんです、たった今のことです。あたしが小網町《こあみちょう》界隈《かいわい》にいましたら、自身番《じしんばん》から知らせがあったんです」

「お扇が？」

貴三郎が表情を引き締める。

「土蔵で首を吊《つ》ったそうです」

「なんと……」

「あり得《え》ないことですよね」

貴三郎は束《つか》の間《ま》迷うが、

「小りん、おまえは薬研堀へ行って深草に力を貸してやれ。そこの伊助長屋にお絹兄妹がいる。醒井屋はお絹を殺すつもりだ」

「はい」

小りんが緊張してうなずく。

「丑松《うしまつ》はどうした」

「途中で拾ってきます」

「頼む」

玄関を出る貴三郎に、小りんが追って声を掛ける。

「お内儀さん、どうして亡くなったんでしょう。とてもそんな風《ふう》には見えませんでしたけど」

「自分の意思ではあるまい」

「えっ」

小りんの顔から血の気が引いた。

三

朝吉と伝六がぬっと家に入って来た時、お房《ふさ》は台所に立って鼻唄《はなうた》混じりに酒肴《しゅこう》をこさえていた。

お絹は二階にいて、清次郎《せいじろう》は船頭《せんどう》の寄合《よりあい》で帰っておらず、今宵《こよい》は女二人で酒を酌《く》み交《か》わすつもりだった。

い顔立ちの女だ。

「どちら様で？」

見知らぬ夜の客に、お房は警戒の色になった。船頭の女房とは思えぬ清楚《せいそ》で品のい

朝吉は作り笑いの陽気さで、

「どちら様と言われても返答に困っちまうよなあ、相棒」

伝六がけたけた笑い、

「そうそう、おれたちゃどちら様なんて面《つら》してねえものよ」

「おれよりおめえの面の方がひでえぜ。割れた土瓶《どびん》にそっくりだ」

「この野郎、なんてこと言いやがる。てめえの面を鏡でよっく見てみろ。われながら吹いちまうだろ」

「そんなこたねえ、朝からずっと見てるぜ。惚《ほ》れぼれするよないい男じゃねえか」

「おきやがれ」

悪ふざけで二人が笑い合う。

「人を呼びますよ」

二人に只《ただ》ならぬものを感じ、お房が青い顔で言った。見せかけの陽気さの裏に、危

険な臭《にお》いを嗅《か》いだのだ。

「人を呼ぶだと？　そりゃ困ったなあ。できりゃおれたちゃこっそり人殺しをしてえんだよ」

朝吉は残酷《ざんこく》な目になって言う。

お房がとっさに包丁《ほうちょう》をつかみ取ると、朝吉がすばやく動いてそれをもぎ取った。

「お絹さん」

お房が二階へ向かって叫んだ。

朝吉はお房を突きとばし、階段を駆け上がって行く。

必死で逃げようとするお房を、伝六が捉《とら》えて羽交《はが》い締《じ》めにした。

「ああっ、久しぶりに嗅ぐ女のいい匂いだ。おかみさん、ちょいとおいらといいことしねえか。別嬪《べっぴん》のかみさんだものなあ」

暴れるお房を、伝六は言葉とは裏腹《うらはら》に手荒く扱《あつか》う。

そこへ新吾、小りん、丑松がとび込んで来た。

「あっ、てめえら」

伝六はお房を放さず、座敷へ上がって引きずって行く。

新吾と丑松がそれに立ち向かい、小りんは二階へ走った。

二階では朝吉が抜き身の長脇差を手に、兇暴《きょうぼう》な顔になってお絹を探しまくっていた。

座敷は空《から》で、押入れにもおらず、小りんが上がって来た時は、朝吉は物干台《ものほしだい》を歩き廻っていた。

小りんは鳶口《とびぐち》を突き出し、

「あんた、大馬鹿よ。大店《おおだな》の主なんでしょ。それがなんだってこんな。気が知れないわ」

「小娘に言われたくないね、どうして貰いたいんだ、ぶっ殺されたいのか。生首を斬り落としてやるか」

「やれるものならやってごらん」

小りんが身構え、朝吉は物干台から下《お》りかかって、そこで屋根の方へぎらっと目をやった。

屋根瓦《やねがわら》に必死でつかまり、お絹が隠れていたのだ。

「やっ、見つけたぞ」

朝吉がにっこり笑ってお絹へ向かい、長脇差をふり被《かぶ》る。

それより早く小りんが物干台へとび上がって、鳶口で朝吉の腿《もも》をざっくり刺した。

「ぐわっ」

烈しく出血し、足を押さえて朝吉が膝《ひざ》を突く。

そこへ丑松が駆け上がって来た。

「小りんさん」

「捕まえて、あいつ」

丑松が朝吉にとびかかり、殴りつけて両腕を後ろへ廻し、捕縄《とりなわ》を打った。

「下はどうなってる、丑松さん」

小りんが聞くところへ、お房が急ぎ足で上がって来た。

「お絹さんは」

お房が探す目で言った。

お絹が屋根を伝って、少しふらつきながら部屋へ入って来た。

小りんは感無量《かんむりょう》の面持《おもも》ちでお絹を見る。

「ああっ、お怪我《けが》は」

「すみません、みなさんにお助け頂いて」

お絹はお房のそばへ寄り、手を取り合う。

新吾がのっそりと階段を上がって来た。

「相棒は柱に縛っておいたぞ」

そう言い、縛られてもがいている朝吉の方を見ておき、お絹へ向かって、

「お島、いや、お絹、危ないとこだったな」

「はい」

お絹は新吾に本名で呼ばれ、一瞬表情を硬くするが、それですべてを悟ったのか静かに恭順《きょうじゅん》の意を表し、一同へ深々と頭を下げた。

四

嵐菊之丞の内儀お扇のとむらいが、菩提寺《ぼだいじ》でしめやかに営《いとな》まれていた。

喪主《もしゅ》の菊之丞は身も世もない風情《ふぜい》でうちひしがれ、大勢の参列者に泪《なみだ》混じりで挨拶《あいさつ》をしている。それがまた皆の同情を誘っている。

そのなかに貴三郎の姿もあった。

貴三郎にはわかっていた。お扇は菊之丞の手に掛けられたのだ。

あの晩、邸宅の土蔵にとび込むと、お扇は梁《はり》に掛けた縄で首を吊っていた。すぐに死骸《しがい》を下《お》ろし、検屍《けんし》するも不審《ふしん》な点はないものと思われた。だがつぶさに調べると、首筋の縄の痕《あと》と絞めたらしき痕にずれがあった。明らかに絞殺《こうさつ》した後に縄を掛けて吊るしたのだ。

菊之丞は土蔵の床にうつ伏《ぶ》せになって号泣《ごうきゅう》し、なぜ死んだなぜ死んだと喚《わめ》きちらし、死者を責め立てていた。

貴三郎はそれを冷《ひや》やかに見ていた。

(さすが天下一の花形役者だ。芝居がうまいぞ。貰い泣きしたいくらいだ)

胸の内で冷ややかにつぶやいた。

そしてお扇殺しは菊之丞の仕業《しわざ》と、確信した。

しかし貴三郎はその場では菊之丞に何も問わず、あっさり自害と認めて検屍を済ませておき、今日のとむらいを迎えたのだ。

菊之丞を問い詰めるより、泳がせて尻尾《しっぽ》をつかもうと思っていた。今はその手立てはないが、犯科人《はんかにん》はどこかで尻尾を出すものと、貴三郎は固く信じていた。

その機会は予想外に早くやってきた。

参列者のなかに子供がいて、それが越前屋《えちぜんや》の孫であることはすぐにわかったが、孫のお鶴に向ける菊之丞の危ない視線を見て、貴三郎はぴんときた。

(狙っている。加代とおなじように)

確信を持った。

寺でのとむらいが済むと、野辺《のべ》送りがしきたりだった。葬列《そうれつ》が町々を練《ね》り歩くのだ。

だが菊之丞は庫裡《くり》で倒れてしまい、とても野辺送りには出られないと言いだした。

一同はそれは無理もないと思った。お扇の死以来、菊之丞の悲嘆《ひたん》や落胆《らくたん》がはげしく、病《や》みやつれたようになって見る影もなかったからだ。そこで談合《だんごう》の末、越前屋が喪主代理を務めることになった。

菊之丞を寺に残し、一同が野辺送りに出発して行った。

しんとしたなかにお鶴が現れた。まっすぐ菊之丞のいる庫裡へ足を運ぶ。

菊之丞は夜具《やぐ》に臥《ふ》せっていた。むろんお鶴を手に入れるための、詐病《さびょう》であることは歴然《れきぜん》としていた。

「菊様、あ、菊様と呼んでいいかしら。だってあの時は只《ただ》のおじさんかと思ってたけど、お爺《じい》ちゃんに後で聞いたらね、今をときめくお役者さんで、大変な人だってわかったんだもの」

ませた口調《くちょう》でお鶴が言った。

菊之丞の枕頭《ちんとう》に侍《はべ》り、心配そうに覗《のぞ》き込んでいる。

「約束を守ってくれたんだね、お鶴ちゃん」

弱々しい声で菊之丞が言う。

「そうよ、野辺送りには行かないから、あたしに後で来るように言ったでしょ。二人だけで何するの」

「とってもいいことだよ」

「どんな？」

「こっちへお入りよ」

菊之丞が夜具をまくって、お鶴を誘った。

お鶴はさすがに戸惑《とまど》って、

「えっ、だって……菊様とおんなじお布団《ふとん》に入るの？　どうしようかなあ、あたし、そんなことしたことないから……」

「恥ずかしいかえ」

「ちっとも」

お鶴は無理を言う。

「じゃお入りよ」

「うん」

お鶴がおずおずと夜具に滑《すべ》り込んで来た。

菊之丞がそっと抱き寄せる。

「ああ、お鶴ちゃんて暖《あ》ったかいねえ」

幸福感に満たされた声で言った。

「燃えてるもの」

「え、燃えてるのかい、どこが」

「いつも躰《からだ》が火照《ほて》ってるのよ、だってもう子供じゃないから」

「大人だと思っていいのかえ」

「うん、そうして」

菊之丞が強い力でお鶴を抱きしめ、その下腹部をまさぐりだした。

お鶴は身をよじって嫌がり、

「嫌よ、やめて、そんなことしないで」

「だってお鶴ちゃんは大人なんだろう」

「でも嫌だわ、あたし、出る」

夜具から出ようとするお鶴を菊之丞が引き止め、むりやり組み敷《し》いた。

「いいじゃないか、お鶴、初めて見た時からおまえが……」

恐怖を感じてお鶴は泣きだす。

それでも菊之丞は構《かま》わず、

「おとなしくしなさい、悪いようにはしないから。大人にしてあげるよ」

泣き喚いて逃げるお鶴を、菊之丞は押さえ込み、小さい躰に覆《おお》い被さった。その顔は花形役者のそれではなく、本性《ほんしょう》を露《あらわ》した鬼畜《きちく》そのものだ。

だから障子が静かに開いて貴三郎が入って来たのもわからず、菊之丞は破廉恥《はれんち》を働いている。

そして気配《けはい》にぎょっと顔を上げた。

貴三郎の目とぶつかった。

「あっ」

烈《はげ》しく狼狽《ろうばい》し、菊之丞はお鶴から泡《あわ》を食って離れる。

貴三郎が無言《むごん》でうながし、お鶴は急いでとび出して行った。

「菊之丞、そうやって何人の子供を汚《けが》してきた」

ずしんと重い声で貴三郎が言い、

「その悪癖《あくへき》がこたびの奇禍《きか》を招いたのだぞ。すべてはおまえ自身が悪いのだ」

菊之丞はおたついて平伏《へいふく》しながら、

「ち、違うんですよ、帰山様、勘違いして貰っちゃ困ります。あの子がお腹《なか》が痛いって言うものですから治《なお》してあげようかと。これはあくまであたくしの親切心なんでございますよ」

「加代の無念《むねん》を考えたことはあるのか」

菊之丞が愕然《がくぜん》となった。

「いったい、なんのお話やら……」

「ふざけるな」

貴三郎が菊之丞の胸ぐらを取り、その顔面に火のような鉄拳を叩き込んだ。叫んで懸命にあがき、菊之丞はばたばたと膝で這って逃げ、縁側から庭へ転げ落ちた。

貴三郎が追って菊之丞を捉え、さらに殴り飛ばし、蹴りのける。顔を血で真っ赤に染め、命乞いする菊之丞に貴三郎が大刀を抜いて突きつけた。

「本来ならこの場でぶった斬っても構わんのだ、おまえのような人でなしはな。しかし裁きにかけ、地獄の苦しみを味わわせてやる」

「う、うへえ……」

拝む姿の菊之丞が失禁した。

五

お絹、清次郎は兄妹揃《そろ》って奉行所へ出頭《しゅっとう》して自訴《じそ》した。潔《いさぎよ》く裁《さば》きを受ける覚悟をつけたのだ。

だが一旦《いったん》は収監《しゅうかん》されたものの、それは仮牢ではなく、座敷牢《ざしきろう》であった。食事も結構なものが出た。

やがてさして日を置かずして召《め》し出され、奉行所の一室で待たされた。

「兄さん、今生《こんじょう》の訣《わか》れよ。いいわね」

「ああ、わかってるよ。おれぁてめえのしたことに悔《く》いはねえ。無念《むねん》が晴れてよかったと思ってるぜ」

「有難《ありがと》う、兄さん、有難う」

やがて衣擦《きぬず》れの音がして、肩衣半袴《かたぎぬはんばかま》の南町奉行根岸《ねぎし》肥前守鎮衛《ひぜんのかみやすもり》が入室して来るや、厳《おごそ》かに兄妹の前に着座した。根岸は老齢とは思えず矍鑠《かくしゃく》としていて、歩行も速い。

「奉行根岸である」

根岸が名乗り、二人は恐懼《きょうく》して平伏した。

根岸は目を細め、慈愛《じあい》の籠《こ》もった目で兄妹を交互に見やり、

「よくやった」

いきなりそう言ったのである。

お絹と清次郎は驚きの顔を上げ、言われた意味がとっさにわからずに見交わした。お叱《しか》りを受ける覚悟でいたから、烈《はげ》しく戸惑っている。言葉も出ない。

根岸が切り出した。

「すべてはおん敵を倒すため、周到《しゅうとう》に謀《はかりごと》をめぐらせ、他人の子まで借り受け、艱難《かんなん》辛苦《しんく》を経て復讐の日を待ったのだな」

根岸は貴三郎たちの報告を逐一《ちくいち》耳に入れ、事件を把握《はあく》していた。

二人はやはり言葉もない。

「その姿こそ、敵陣を攪乱《かくらん》させ、おん敵に近づき、首級《しゅきゅう》を得《え》んがための兵法《ひょうほう》の極意《ごくい》。天晴《あっぱ》れであるぞ。武士ならば加増致《かぞういた》すところである」

お絹が慌てて口を挟《はさ》み、

「あ、あの、お奉行様、お待ち下さいませ」

その声が震《ふる》えている。

「なんじゃな」

「娘の仇討《かたきうち》のためとは申せ、わたくしどもは作り事をして世間様を大変騒がせました。人をたぶらかしたんでございます」

「それがどうした」

「はっ？」

「敵を欺《あざむ》くにはそこが肝要《かんよう》、必要なことではないのか」

「は、はい、それは……」

「その方らを咎《とが》め立てする理由はない」

「お、お奉行様」

清次郎が膝行《しっこう》し、

「けどいくらなんでも、こんな御沙汰《おさた》は聞いたことがございません。世間を騙《だま》くらかして悪いと思ってますんで、どうかお仕置《しお》きを、お仕置きを受けとうござんす」

「たわけ」

根岸が大喝《だいかつ》し、二人が縮み上がった。

「罰など受けずともよい。今まで通り、明日から大手をふって暮らせ。燗酒《かんざけ》売りと乗合《のりあい》船の船頭、それでよいではないか」

二人が身を震わせ、ひれ伏した。

「よし、これにて一件落着である。その方らは直《ただ》ちに放免《ほうめん》と致す」

根岸が勢いよく立ち上がった。

そして背を向けたままで言った。

「嵐菊之丞こと半六は断罪に処す」

六

お絹は再び燗酒売りを始めて、その宵《よい》は住吉町河岸《すみよしちょうがし》であった。屋台は新調のものになっている。

そこへ風に吹かれて貴三郎がやって来た。無言のやわらかな表情で明樽《あきだる》に掛ける。

お絹は恐縮の面持ちになり、頭を下げる。

「帰山様、どうも、その節は……」

「一本つけてくれ」

「はい」

貴三郎は心の晴れた顔でお絹を見やると、

「落ち着いたか」

お絹がうなずき、

「お蔭様で」

「人の噂も七十五日という。瓦版《かわらばん》に書き立てられたあのことを憶《おぼ》えている者など、もはやどこにもおるまい」

「はかない思いが致します」

「ものごと、すべてな」

「でもあたしだけは忘れません」

「加代のことか」

お絹がうなずく。

燗酒が出て、貴三郎はお絹の酌《しゃく》を断って自在《じざい》にやる。

「ひとつ聞きたい」

「はい」

「加代はなぜ自害した」

「それは……」

お絹は言葉に詰まる。

「そのことがずっとひっかかっていた」

「…………」

「わかるぞ。言いたくないならそれでも構わん」

「以前に教えられたのです」

「誰にだ」

「大分《だいぶ》昔にお知り合いになった、お武家のご妻女です」

「その人はなんと言った」

貴三郎は興味をそそられる。

「女は操《みさお》を汚《けが》されたら、生きていてはならぬと」

「………」

「それを加代に教えたんです、子供にわかるように」

「それを守ったのだな、加代は」

お絹はうなずいて愁眉《しゅうび》を寄せ、

「そんなこと教えなきゃよかったたって、今はとても悔《く》やんでいます。汚されたって女の値打《ねうち》が下《さ》がるわけじゃないんですから。疵《きず》ものだっていいじゃありませんか」

「それは違うぞ、お絹」

「はい？」

「そのご妻女は心の持ちようを言ったのではないのか」

「………」

「たとえ身を汚されても、心さえちゃんとしていれば生きてゆかれる。そこで崩《くず》れたら、女は生きていてはならぬと。そういうことではないのか」

「帰山様……」

「武家とはな、そういうものなのだよ。しゃっちょこばって堅苦《かたくる》しく、杓子定規《しゃくしじょうぎ》に生きている。ものごとの応用を知らん。だがよい点もあるのだ」

「それは、どんな?」

「人としての矜持《きょうじ》だ。背筋を伸ばして、まっすぐ前を見て歩む。その姿勢は大事なんだ、お絹」

お絹は言葉もない。

「うまい酒だったぞ」

貴三郎は本当に一本だけ飲むと席を立ち、過分に銭を置き、屋台の外へ出た。

「また会おう、お絹」

「は、あたくしも……でも帰山様はどうしてここまで……」

「?……」

「いいえ、いいんです。有難う存じました」

お絹は深々と頭を下げた。

来た時とおなじように、貴三郎は風に吹かれ、肩を尖《とが》らせ、ふところ手になって歩きだした。

たった今、お絹は何を言おうとしてやめたのか、喜三郎は考えていた。

それはよくぞここまでやってくれたという謝意なのか、あるいは驚嘆なのか。問い返すつもりはなかったが、もしそうなら胸を張って言えるのだ。

(それは特命だから。ゆえに特命なのだよ、お絹)

ぽつり。

雨がひと粒落ちてきた。

江戸はもう梅雨《つゆ》が近いのだ。

和久田正明　著作リスト

	作品名	出版社名	出版年月	判型	備考
1	『残月剣　公儀刺客御用』	廣済堂出版	〇三年二月	廣済堂文庫	
2	『夜桜乙女捕物帳』	学習研究社	〇三年八月 一三年三月	学研M文庫	※新装版
3	『千両首　公儀刺客御用』	廣済堂出版	〇三年十月	廣済堂文庫	
4	『血笑剣　公儀刺客御用』	廣済堂出版	〇四年二月	廣済堂文庫	

5	『鉄火牡丹　夜桜乙女捕物帳』	学習研究社	〇四年二月 一三年四月	学研M文庫	※新装版
6	『鬼同心の涙　夜桜乙女捕物帳』	廣済堂出版 学習研究社	〇四年四月 一三年五月	廣済堂文庫 学研M文庫	※新装版
7	『つむじ風　夜桜乙女捕物帳』	学習研究社	〇四年六月	学研M文庫	
8	『紅の雨　夜桜乙女捕物帳』	廣済堂出版	〇四年八月	廣済堂文庫	
9	『箱根の女狐　夜桜乙女捕物帳』	学習研究社	〇四年九月	学研M文庫	
10	『情け傘　夜桜乙女捕物帳』	廣済堂出版	〇四年十一月	廣済堂文庫	

11	『蝶が哭く　夜桜乙女捕物帳』	学習研究社	〇五年一月	学研M文庫	
12	『なみだ町　夜桜乙女捕物帳』	廣済堂出版	〇五年三月	廣済堂文庫	
13	『白刃の紅　夜桜乙女捕物帳』	学習研究社	〇五年四月	学研M文庫	
14	『彼岸桜　読売り雷蔵世直し帖』 『美女桜　読売り雷蔵世直し帖〈1〉』	双葉社 廣済堂出版	〇五年五月 一二年二月	双葉文庫 廣済堂文庫	※改題
15	『夜の風花　夜桜乙女捕物帳』	学習研究社	〇五年八月	学研M文庫	
16	『螢の川　読売り雷蔵世直し帖』 『花の毒　読売り雷蔵世直し帖〈2〉』	双葉社 廣済堂出版	〇五年九月 一二年三月	双葉文庫 廣済堂文庫	※改題

17	『月の牙　八丁堀つむじ風』	廣済堂出版	○五年十一月	廣済堂文庫	
18	『猫の仇討　夜桜乙女捕物帳』	学習研究社	○五年十二月	学研M文庫	
19	『初雁翔ぶ　読売り雷蔵世直し帖』 『地獄花　読売り雷蔵世直し帖〈3〉』	双葉社 廣済堂出版	○六年一月 一二年四月	双葉文庫 廣済堂文庫	※改題
20	『風の牙　八丁堀つむじ風』	廣済堂出版	○六年三月	廣済堂文庫	
21	『浮雲　夜桜乙女捕物帳』	学習研究社	○六年三月	学研M文庫	
22	『あかね傘　火賊捕盗同心捕者帳』	双葉社	○六年四月	双葉文庫	

23	『はぐれ十左御用帳』	徳間書店	○六年五月	徳間文庫
24	『火の牙　八丁堀つむじ風』	廣済堂出版	○六年七月	廣済堂文庫
25	『みだれ髪　夜桜乙女捕物帳』	学習研究社	○六年八月	学研M文庫
26	『海鳴　火賊捕盗同心捕者帳』	双葉社	○六年十月	双葉文庫
27	『情け無用　はぐれ十左御用帳』	徳間書店	○六年十月	徳間文庫
28	『夜の牙　八丁堀つむじ風』	廣済堂出版	○七年一月	廣済堂文庫

29	『殺し屋　夜桜乙女捕物帳』	学習研究社	〇七年一月	学研M文庫
30	『こぼれ紅　火賊捕盗同心捕者帳』	双葉社	〇七年二月	双葉文庫
31	『鬼の牙　八丁堀つむじ風』	廣済堂出版	〇七年四月	廣済堂文庫
32	『冷たい月　はぐれ十左御用帳』	徳間書店	〇七年五月	徳間文庫
33	『飛燕　鎧月之介殺法帖』	双葉社	〇七年七月	双葉文庫
34	『夜来る鬼　牙小次郎無頼剣』	学習研究社	〇七年八月	学研M文庫

35	36	37	38	39	40
『炎の牙　八丁堀つむじ風』	『狐の穴　はぐれ十左御用帳』	『魔笛　鎧月之介殺法帖』	『桜子姫　牙小次郎無頼剣』	『闇公方　鎧月之介殺法帖』	『氷の牙　八丁堀つむじ風』
廣済堂出版	徳間書店	双葉社	学習研究社	双葉社	廣済堂出版
○七年十一月	○七年十一月	○七年十一月	○八年一月	○八年二月	○八年五月
廣済堂文庫	徳間文庫	双葉文庫	学研M文庫	双葉文庫	廣済堂文庫

	41	42	43	44	45	46
	『逆臣蔵　はぐれ十左御用帳』	『黄泉知らず　牙小次郎無頼剣』	『斬奸状　鎧月之介殺法帖』	『紅の牙　八丁堀つむじ風』	『ふるえて眠れ　はぐれ十左御用帳』	『月を抱く女　牙小次郎無頼剣』
	徳間書店	学習研究社	双葉社	廣済堂出版	徳間書店	学習研究社
	○八年六月	○八年七月	○八年九月	○八年十一月	○八年十二月	○九年二月
	徳間文庫	学研M文庫	双葉文庫	廣済堂文庫	徳間文庫	学研M文庫

47	『女刺客　鎧月之介殺法帖』	双葉社	〇九年三月	双葉文庫
48	『妖の牙　八丁堀つむじ風』	廣済堂出版	〇九年五月	廣済堂文庫
49	『家康の靴　はぐれ十左御用帳』	徳間書店	〇九年六月	徳間文庫
50	『緋の孔雀　牙小次郎無頼剣』	学習研究社	〇九年七月	学研M文庫
51	『死なない男　同心野火陣内』	角川春樹事務所	〇九年九月	時代小説文庫（ハルキ文庫）
52	『手鎖行　鎧月之介殺法帖』	双葉社	〇九年十月	双葉文庫

53	『卍の証　はぐれ十左御用帳』	徳間書店	○九年十二月	徳間文庫	
54	『月夜の鴉　死なない男・同心野火陣内』	角川春樹事務所	一〇年一月	時代小説文庫（ハルキ文庫）	
55	『黒衣忍び人』	幻冬舎	一〇年二月	幻冬舎時代小説文庫	
56	『桜花の乱　鎧月之介殺法帖』	双葉社	一〇年四月	双葉文庫	
57	『狐化粧　死なない男・同心野火陣内』	角川春樹事務所	一〇年六月	時代小説文庫（ハルキ文庫）	
58	『罪なき女　はぐれ十左御用帳』	徳間書店	一〇年六月	徳間文庫	

59	『くノ一忍び化粧』	光文社	一〇年九月	光文社文庫（光文社時代小説文庫）	
60	『海の牙　八丁堀つむじ風』	廣済堂出版	一〇年十月	廣済堂文庫	
61	『邪忍の旗　黒衣忍び人』	幻冬舎	一〇年十二月	幻冬舎時代小説文庫	
62	『嫁が君　死なない男・同心野火陣内』	角川春樹事務所	一一年一月	時代小説文庫（ハルキ文庫）	
63	『女侠　はぐれ十左御用帳』	徳間書店	一一年二月	徳間文庫	
64	『外様喰い　くノ一忍び化粧』	光文社	一一年五月	光文社文庫（光文社時代小説文庫）	

65	『恋小袖　牙小次郎無頼剣』	学習研究社	一一年五月	学研M文庫	
66	『虎の尾　死なない男・同心野火陣内』	角川春樹事務所	一一年六月	時代小説文庫（ハルキ文庫）	
67	『はぐれ十左暗剣殺』	徳間書店	一一年七月	徳間文庫	
68	『女ねずみ忍び込み控』	学習研究社	一一年九月	学研M文庫	
69	『魔性の牙　八丁堀つむじ風』	廣済堂出版	一一年十一月	廣済堂文庫	
70	『天草の乱　黒衣忍び人』	幻冬舎	一一年十二月	幻冬舎時代小説文庫	

71	『蜘蛛女　はぐれ十左暗剣殺』	徳間書店	一二年一月	徳間文庫	
72	『幻の女　死なない男・同心野火陣内』	角川春樹事務所	一二年二月	時代小説文庫（ハルキ文庫）	
73	『夫婦十手』	光文社	一二年四月	光文社文庫（光文社時代小説文庫）	
74	『女ねずみ　みだれ桜』	学習研究社	一二年四月	学研M文庫	
75	『影法師殺し控』	ベストセラーズ	一二年七月	ベスト時代文庫	
76	『うら獄門　読売り雷蔵世直し帖〈4〉』	廣済堂出版	一二年八月	廣済堂文庫	

77	『悪の華　はぐれ十左暗剣殺』	徳間書店	一一年九月	徳間文庫	
78	『赤頭巾　死なない男・同心野火陣内』	角川春樹事務所	一一年九月	時代小説文庫（ハルキ文庫）	
79	『女ねずみ　泥棒番付』	学習研究社	一一年十二月	学研Ｍ文庫	
80	『夫婦十手　大奥の怪』	光文社	一三年二月	光文社文庫（光文社時代小説文庫）	
81	『鬼譚』	廣済堂出版	一三年三月	廣済堂文庫	
82	『笑う女狐　はぐれ十左暗剣殺』	徳間書店	一三年四月	徳間文庫	

83	『女義士　死なない男・同心野火陣内』	角川春樹事務所	一三年五月	時代小説文庫（ハルキ文庫）
84	『三代目五右衛門』	学研パブリッシング	一三年十月	学研M文庫
85	『夫婦十手　正義の仮面』	光文社	一三年十一月	光文社文庫
86	『黒刺客　はぐれ十左暗剣殺』	徳間書店	一三年十二月	徳間文庫
87	『鬼花火　死なない男・同心野火陣内』	角川春樹事務所	一四年一月	時代小説文庫（ハルキ文庫）
88	『妖怪十手』	廣済堂出版	一四年四月	廣済堂文庫

89	『なみだ酒　死なない男・同心野火陣内』	角川春樹事務所	一四年六月	時代小説文庫（ハルキ文庫）
90	『特命　前篇　殺し蝶』	徳間書店	一四年十一月	徳間文庫
91	『鎧月之介殺法帖　女怪』	コスミック出版	一四年十二月	コスミック時代文庫
92	『特命　後篇　虎の爪』	徳間書店	一四年十二月	徳間文庫
93	『髪結の亭主　一』	角川春樹事務所	一五年一月	時代小説文庫（ハルキ文庫）
94	『髪結の亭主　二　黄金の夢』	角川春樹事務所	一五年二月	時代小説文庫（ハルキ文庫）

95	『身代金』	徳間書店	一五年四月	徳間文庫	※「特命」シリーズ

この作品は徳間文庫のために書下されました。

徳間文庫

身《みの》代《しろ》金《きん》

2015年4月15日 初刷

著者 和《わ》久《く》田《だ》正《まさ》明《あき》

発行者 平野健一

発行所 東京都港区芝大門二—二—二 〒105—8055
株式会社 徳間書店

電話 編集〇三(五四〇三)四三四九
販売〇四八(四五一)五九六〇

振替 〇〇一四〇—〇—四四三九二

印刷 凸版印刷株式会社

製本 株式会社宮本製本所

ISBN978-4-19-893961-8 (乱丁、落丁本はお取りかえいたします)

徳間文庫の好評既刊

和久田正明

はぐれ十左御用帳

ふるえて眠れ

書下し

陸奥国棚倉藩の藩政改革は、任された久鬼《くき》大内蔵《おおくら》によって成功した。しかし、九鬼は次第に悪政を布くようになり、疲弊した村々が決起すると首謀者を惨殺。そのことを知った老中・松平定信は密偵に探索を命じた。同じ頃、北町奉行所の隠密廻り・鏑木十左《かぶらぎじゅうざ》は家族の命を絶ってまで密命を果たそうとした浪人が女刺客に殺されるのを目撃。その真相は？

徳間文庫の好評既刊

和久田正明

はぐれ十左暗剣殺

書下し

北町奉行所の隠密廻り同心・鏑《かぶら》木《ぎ》十《じゅう》左《ざ》は、老中・松《まつ》平《だいら》定《さだ》信《のぶ》から呼び出され、火附盗賊改方への出仕を命ぜられる。急なことに戸惑いながらも、自らの気質を買ってくれる同僚たちにやりがいを感じ、かねてより巷《ちまた》を騒がせていた〝葵《あおい》小《こ》僧《ぞう》〟という凶悪な押し込み盗賊の探索にあたることになった。着任早々、難事件に取り組むことになった十左の新たな戦いを描く。好評シリーズ、新章スタート！

徳間文庫の好評既刊

和久田正明

はぐれ十左暗剣殺

黒《くろ》刺《し》客《かく》

書下し

徒党を組み、大店《おおだな》を襲っては殺戮《さつりく》を繰り返し、金品を奪う兇賊赤不動《あかふどう》が江戸を去ったとの情報が入った。その探索のため、火附盗賊改方の同心・鏑木十左《かぶらぎじゅうざ》が御用旅に出た。しかし、その最中、旅籠《はたご》に火を放ち、彼に襲いかかる者が次々に現れた。赤不動の手の者か、それとも怨恨か？　十左配下の岡っ引きの八《や》十助《そすけ》と、老中・松平定信の命を受けた隠密の紫乃《しの》も駆けつけ、未知なる敵に立ち向かう。